KB152947

孟子의 고향

鄒

추성城을 만나다

리무성·샤오쩌쉐이 지음
허수현 옮김

국학자료원

차 례

역자의 말

　이 글을 읽는 독자들께서는 어쩌면 맹자라는 이름은 익히 들어 친숙하실 수도 있을 것입니다. 저에게 맹자의 이미지는 책 속의 초상화처럼 낯선 철학자일 뿐이었습니다. 한국에서의 맹자는 성선설, 맹모삼천지교로 유명하지만, 그의 고향인 추성은 잘 알려지지 않았습니다.

　맹자의 고향, 추성과 역산의 어제와 오늘을 돌아보며 현대 중국에서 맹자가 가진 위치도 이해할 수 있었습니다. 이 책은 널리 주목받는 맹자의 사상적 측면 외에도, 한국에는 잘 알려지지 않은 많은 이야기를 담고 있고, 동시대 중국인 마음속에 담긴 맹자의 모습과 그의 고향을 자세하게 소개하고 있습니다. 이 책을 통해, 맹자의 사상을 이미 잘 아는 독자들도 생생한 사진과 일화를 보며 이전보다 입체적이고 친근한 이미지로 맹자를 만날 수 있기를 기대합니다.

번역에는 순탄한 여행도 있지만 어떤 여행은 예기치 못한 상황들을 만나기도 합니다. 추성으로의 번역 기행도 순조롭지는 않았습니다. 하지만 중국에서 보낸 시절이 가이드북이 되어 주었습니다. 여행에서의 작은 경험 하나, 보았던 풍경, 함께 했던 사람들의 얼굴과 목소리, 그때의 제가 새록새록 떠올라 마치 사진첩을 펼치는 듯 했습니다. 맹자를 만나기까지 넓은 배움의 길로 인도해주신 많은 선생님들께 감사의 마음을 전합니다.

이 책의 지명과 인명은 한자 독음으로 기재했으나, 루쉰처럼
이미 유명한 분들의 인명은 외래어 발음 표기법에 따라 표기했습니다.

들어가며

　공자는 추성鄒城 동산東山(역산의 다른이름)에 올라 노나라를 작다고 말했고 맹자의 어머니는 베틀의 베를 끊으며 맹자를 가르쳤다. 맹자는 이곳 추성에서 태어나 천고의 문장을 남겼다.

　추성은 중국에서도 국가적으로 역사와 문화가 유명한 도시이며 여행 도시로 잘 알려진 세계적으로 유명한 관광지이다. 다른 면으로는 중국에서도 눈부신 경제 성장력으로 주목받고 있다.

　가난하고 비천해도 재물과 지위에 현혹되지 않고 뜻을 바로 세워 위세와 무력에도 굴복하지 않았던 맹자를 떠올려보고, 그 옛날 공자가 올랐던 역산嶧山을 오른 후, 강물처럼 유유히 흘러 가버린 역사를 곰곰이 생각해 본다면 누군들 이 도시를 잊을 수 있겠는가?

〈공자성적도孔子聖蹟圖〉의 니산치도尼山致禱

어떤 사람이 부처에게 물었다. "어떤 곳이 좋은 곳입니까? 부처가 대답했다. "왼쪽에 산이 있는 좋은 곳이다." 또 물었다. "더 좋은 곳은 어떤 곳입니까?" 부처가 웃으며 말했다. "오른쪽에 물이 있는 곳이다." 다시 물었다. "그보다 더 좋은 곳은 어떤 곳입니까?" 부처는 말없이 손을 붓 삼고 파란 하늘을 비단 삼아 무지개를 그리고 그것을 자세히 보더니, "인仁이 있는 곳이다."라고 말했다.

맹자의 고향 추성을 말하자면 부처의 이야기가 사람들의 머릿속에 제일 먼저 떠오른다. 설령 부처의 말은 언급하지 않더라도 맹자의 고향이라는 생각만 해도 여전히 마음이 설렌다.

추성의 산은 첩첩산중이다. 그중 역산이라는 산이 있다. 옛날, 공자가 역산에 올라 노나라가 작다고 말했고 맹자는 역산의 기이한 돌을 감상하고 인仁을 얻었으며 진시황은 동순東巡(동쪽으로 순시)하여 봉선의식을 거행하고 역산에 비석을 세워 여섯 나라를 합쳐 천하를 통일한 공을 칭송하게 했다. 역산은 이로써 천하에 이름을 널리 알려졌다. 이백과 두보가 이곳에서 시를 지었고, 양산백梁山伯과 축영대祝英台(중국판 로미오와 줄리엣)는 이곳에서 사랑을 키웠으며, 제왕들은 성인에게 참배하기 위해 끊임없이 이곳에 왔다.

추성의 물은 동쪽 봉황산鳳凰山 기슭에서 발원하여 둘로 나뉘어 한 줄기

도시전경

는 북쪽으로 흘러 니산尼山에서 호수를 이루는데 바로 니산이 '지성선사至聖先師(명나라 때 추증(追贈)한 공자의 존호(尊號).)' 공자의 탄생지이다. 다른 한 줄기는 큰 물결은 일으키지 못했지만, 세상에 널리 알려진 '아성亞聖'을 윤택하기 위해 서쪽으로 흘렀다. 사람들이 꿈에서도 그리는 이 물줄기는 맹자

공맹탄생성지비孔孟誕生聖地碑

의 고향인 추성의 동쪽에서 멈춰 호수가 되었는데 사람들은 이곳을 '맹자호孟子湖'라고 불렀다.

산이 유명해 지려면 신선이 있어야 하고, 물이 영험하려면 용이 살아야 한다. 공자와 맹자 두 성인이 이곳에 혜성처럼 나타난 것은 산과 물의 영향이 적지 않으니, 이른바 추성의 물과 흙이 사람을 길러낸 것이다.

옛 성인들의 말씀에 인자한 사람은 산을 좋아하고 지혜로운 사람은 물을 좋아한다고 했다. 두 성인이 기이한 산과 수려한 물에서 유유히 거닐었으니, 산수가 사람을 영험하게 하는지 아니면 사람이 산수를 일깨우는지 알

수 없으나 성인은 하늘과 땅이 길러내고 성지聖地는 성인으로 인해 이름을 남기는 것은 분명하다. 명성이 널리 알려진 맹묘孟廟와 맹부孟府, 맹림孟林, 맹모림孟母林은 제쳐두고, 백여 년 전에 성 안에 '공맹탄생성지비孔孟誕生聖地碑'를 세운 것만 봐도 이곳에 하나의 거대한 존재 즉, 인仁이 있음을 알 수 있다.

추성은 오래된 문화를 전승하면서도 현대화된 모습으로 건설한 살기 좋은 자연을 가졌다. 오래된 유적과 명승지가 있을 뿐만 아니라, 창업의 옥토이며 꿈을 비상하게 하는 곳으로 유구한 역사의 추노문명鄒魯文明(추鄒는 맹자의 출생지인 추나라. 노魯는 공자의 출생지인 노나라.)과 넓고 심오한 유가 문화, 대대로 전해지는 맹자의 사상, 풍부하고 농축된 향토 문화가 오늘날 추성의 문화 산업 발전의 새로운 장점이 되었다.

근래 들어 추성시는 문화를 통한 도시 발전 전략을 실시하여 우수한 전통문화를 계승하여 널리 알리고 문화 여행과 문화 콘텐츠 산업을 크게 육성시켜 문화 발전의 새로운 국면을 열었다. 그들은 문화 연구를 기초로 한 맹자연구원을 세워 유학 대가들과 우수한 인재를 초빙하고 맹자 사상과 추노문명, 향토 문화 연구를 심화시켜 고도화되고 실제적이며 전환 가능한 연구 성과를 내놓았다. 또한 "모성애와 어머니의 가르침, 가풍과 가훈"을 주제로, 10년 연속 모친문화절母親文化節을 개최하고, 우수 문화 TV 채널을 창설하고, 맹자 공개 강의, 맹자 학당, 경전 송독반 등의 공익성 강좌를 수시로 열며, '맹모삼천' 가정교육 포럼과 어머니에 의한 가풍 교육 포럼을 지속적으로 발전 시켜 "유학으로 빛나는 추성"이라는 도덕 브랜드를 제고시키고 있다.

미디어 방면으로는 문화 콘텐츠 산업을 중점으로 육성시켜 강화하고, 범위를 넓혀 초보적으로 애니메이션과 영상, 교육훈련, MICE 산업, 디자인,

맹자의 고향 추성을 만나다

10

산동성 제노문화혁신중점사업 〈제노가풍齊魯家風〉 다큐멘터리 계약식

엔터테인먼트와 여가 등의 문화 콘텐츠 산업을 형성했다. 특히 추성의 역사문화, 인물과 이야기를 소재로 삼아 애니메이션 및 영상 산업의 발전 속도를 높여 전국 최초로 맹자를 주제로 한 애니메이션 〈맹자 학당〉을 제작했고, 산동성 제노문화齊魯文化 혁신 중점 공정 〈제노가풍齊魯家風〉 다큐멘터리 촬영을 착수하여 애니메이션 영상 산업 체인을 구축하려 힘쓰고 있다.

추성은 자원이 풍부하고 발전 기회가 있는 사업하기에 좋은 도시이다. 전국 종합 실력 100대 현급 도시로 연광그룹兗礦集團, 추현발전소 등이 지역 내에 있다. 연간 석탄 생산량은 2,000여 만 톤, 연간 발전량은 310TWh이고, 도로, 철도, 수로 복합 운송 교통 체계를 완비하고 있어 국가 독립 광산 구역 지원 범위에 포함된 국가 및 산동성 신新 '성진화城镇化' 종합시험 도시이자 산동성 문화 건설 시범 구역의 남부 핵심 지역이다.

2017년에는 중국화폐 기준 GDP가 860억 원을 넘었고, 고정자산 투자가

맹부孟府

470억 원, 지방 재정 수입이 70억 원을 돌파했다. 추성은 발전 기세가 왕성하고, 발전의 여지가 많은 창업하기 좋은 도시이다. 국가육성책의 일환으로 경제 개발 구역을 건설하는 것을 목표로 하였으며, 약 136km^{2}의 추서 대공업 지구를 건설했다. 또한 5대 신흥 산업 강화, 4대 전통 산업 발전 및 기초 인프라, 공공 서비스, 친환경 건설 등의 분야에서 합자 협력할 만한 큰 잠재력을 갖고 있다.

추성시는 내부적으로 살기 좋고, 사업하기 좋고, 여행하기 좋은 현대화된 중소 도시를 건설하기 위해, 구시가지와 동쪽 지역과 맹자호 신구역의 '3구역 총괄'을 심화하여, 특색있는 작은 마을을 힘써 만들고 도시 기초 인프라, 경관 만들기, 행복 산업 발전 등 분야에서 넓은 시장 수요를 갖고 있다.

또한 문화 건설 시범 구역을 조성하는 것을 시작으로, 문화와 여행의 융합 발전을 심화시켰고, 최근 화의형제성극장華誼兄弟星劇場, 중화서법성中華書法城 등 10대 중점 항목을 집중적으로 건설했다.

추성은 사회 분위기가 성실하고 문명적이며 발전 환경이 우수한 투자하기 좋은 곳이다. 공급측 개혁을 심화시켜 추진하고, 규제 개혁과 환경 개선을 지속하며, 동시에 적극적으로 '사성유의思誠惟義(진실됨을 높이고 의로움을 추구)'를 전개하여 신뢰 시스템을 건설하고, '악민지락樂民之樂(백성의 즐거움을 즐거워하는)' 서비스 창구를 만들어 낡은 풍습을 고치려 힘써 노력하고 있으며 맹자 사상을 주제로 한 여러 특색 있는 서비스 브랜드를 만들어 사회적인 수준을 계속 높이고, 상업을 중시하고 상업에 친화적이며, 돈 벌기 좋고 사업하기 유리한 분위기를 조성했다.

오늘날 추성을 거닐자니 다른 시간대에 온 듯하다.

오래된 거리와 골목에 단청丹靑이 가득하고 고목이 무성하며 골동품 등의 문화적 상품들이 눈앞에 가득하다. 특색있는 상품들은 저마다 사람들의 눈길을 끄는 고풍스러운 매력을 갖고 있다. 가까운 거리에는 아마 세워진

추성시 전경

지 천 년은 되었을 옛 담장 위에 무성한 꽃 그림자가 영원히 사라지지 않는 그림처럼 드리워져 있다.

맹부에서는 때때로 어린 아이들이 책을 읽는 낭랑한 목소리가 들려오는데, <맹자>의 좋은 가르침을 받은 것 같다. 멀리서 보면 오래된 소나무와 잣나무가 높이 솟아 하늘을 가리고 나무들 사이로 바람이 청량하게 불어온다. 나뭇가지가 구불구불 얽혀 천태만상을 이루는 모습이다.

성 안의 철산鐵山 위에서 동쪽을 바라보면 높은 빌딩이 빽빽이 늘어선 동쪽의 신 구역이 이 시대 맹자의 고향은 어질고 아름다우면서도, 매우 현대적인 곳임을 알려준다.

추성은 화하華夏(중국의 별칭)의 지도에서 아주 작고 눈에 띄지 않는 땅이었다. 그러나 맹자가 이곳에서 등장한 이후로 추성은 갑자기 동경하는 동쪽

의 성지가 되었다. 이곳에서는 기와 조각 하나를 집어 들어도 아득한 옛날 이야기들을 읽어낼 수 있고, 어떤 언덕에 가서 누워도 선현의 여음을 들을 수 있다.

　대만의 저명한 학자 부패영傅佩榮 선생이 맹자의 고향에 방문하여 학술 강의를 하며 택린산장擇鄰山莊이란 곳에 묵었는데, 감격하여 밤새 잠을 못 이루고 다음 날 이렇게 말했다.

　"공자와 맹자의 발자국 소리가 들리는 듯 했다. 혹시나 그들을 만날 수 있는 기회를 놓칠까 잠을 잘 수 없었다."라고 했다. 역사를 찾으려면 "우리 는 어디에서 왔는지?"를 먼저 이해해야 하고, 미래를 살피려면 "우리가 어 디로 향해 가고 있는지?"를 고민해야 한다. 여러분이 추성에 관심을 가지 고 있다면 이곳에서 는 미래의 하늘을 볼 수 있을 것이다.

15

추성은 부처가 말한 왼쪽에 산이 있고 오른 쪽에는 물이 있으며 그 가운데는 인仁이 있는 좋은 곳이다. 어느 여행가의 말처럼 추성은 산도 있고 물도 있고 성인도 있으며, 시와 그림, 문장이 있는 곳이다. 이 도시와 이 땅은 모두 행운이다.

추성의 역사는 그대로 두꺼운 문화 서적이 되고, 시대의 변천과 연단을 상세히 들려준다. 패배자는 쇠퇴하여 사라지고, 승리자는 영광스럽게 남겨진다. 서주西周 초년에 거미 토템을 숭상했던 주씨朱氏 부족이 제후국으로 봉해져 추성에 주邾국을 세워 새로운 문명을 창건하고 탄생시켰다. 춘추시기, 주국은 사수泗水 위의 작은 나라로 불렸으며 전국 시기 초나라에게 멸망당했다. 진秦나라 때에는 현을 세워 추현이라 불렸으며 그 이름이 이천년간 지속되다가 1922년에 비로소 추성시로 개명되었다.

들어가며

17

사서에 기록된 바로는 "사람들이 걸출傑出하고 땅은 영험하며 천하의 선비들이 이곳을 모두 다녀갔다."라고 되어 있다. 유명한 역사학자 사마천司馬遷도 추현에 유람 와서 주국의 역사를 고찰했다.

오늘날의 추성은 풍부한 역사적 유물을 보존하고 있다. 6천여 년에 이르는 세상사의 흥함과 쇠함이 이곳에 불멸의 흔적을 남겼다. 오래된 부산鳧山(추성에 속한 산)의 황묘鳧山羲皇廟, 칠녀성유적漆女城遺址, 야점유적野店遺址은 옛날이야기들을 기록하고 있고 맹부, 맹묘는 여전히 온전하게 보존되어 유가 문화의 깊은 영향을 새겨 놓았다. 사산마애석각四山摩崖石刻은 옛사람들이 후대 사람들에게 남긴 법어와 희망으로 속세를 감화시킨다. 장구한 역사는 후대 사람들에게 진귀한 선물이 되었다. 역사는 성인의 전기를 써내고, 현대는 성인을 칭송한다. 시대의 교류가 한 도시의 미래에 생명력과 활력을 불어넣고 있다.

孟子의 고향 추성을 만나다

亞聖孟子尊像

丁亥雍主坡主人
何士揚敬繪

제1장

맹자
사상의 숲으로 인도하다

맹자상(청淸)

역사의 정상에 서면 우리는 구불구불한 성맥羣脈이 아득한 과거부터 미래로 향해 뻗어 나가는 것을 볼 수 있다. 기원전 5~6백 년 전은 인류의 황금기였다고 말할 수 있다.

　동양에서는 공자, 맹자, 순자, 노자, 장자, 묵자, 한비자, 손무. 서양에서는 탈레스, 피타고라스, 헤라클레이토스, 데모크리토스, 프로타고라스, 소크라테스, 플라톤, 아리스토텔레스가 인류의 영광과 존엄을 대표하는 사상의 거인으로 제일 처음 세상에 우뚝 솟았다.

　고대 그리스 철학자들은 신에 대한 숭배를 멸시하며 "인간은 만물의 척도"라고 공언하고 인권의 평등과 생명에 대한 애정을 주장했다.

　헤라클레이토스는 고귀한 자신의 머리를 굽히지 않기 위해 페르시아 제국 군주 다리우스의 초청을 오만하게 거절하였다.

　　"나는 권세에 대한 공포 때문에 페르시아에 갈 수 없습니다. 나
　　는 소박한 것에 만족하며 내 뜻대로 살아갈 것입니다."

　피타고라스는 철학, 음악, 교학, 천문학 등의 영역에서 탁월한 업적을 이뤘지만 사상의 자유를 위해 문예의 여신 뮤즈 신전에서 굶어 죽었다. 그의

공자상 (송宋)

제자들도 대부분이 불에 타 죽었다.

또한 객관적 관념론의 창시자 플라톤은 도시국가 시라쿠스의 폭군에 항거하다 노예 시장에서 팔리기도 했다.

소크라테스 또한 서양 철학사상의 기초를 다진 위대한 철학가이지만 사형 선고를 받아 독약을 마시고 죽었다. 위대한 철학자들은 인류의 영광과 존엄을 위해 고통을 견디고 목숨을 바쳤다. 그 덕분에 인류는 진보의 등불을 밝혀왔고 그들은 '성현聖賢'으로 추앙받고 있다. 반면 동양철학의 선구자들은 어떠한가? 특히 산동山東의 성인과 그들의 후예들은 어떻게 인류를 위한 등대를 밝혀 왔을까? 잠시 시끄러운 세상을 뒤로하고 그들의 풍부하면서 고요한 마음으로 한번 들어가 보자.

공자가 하늘의 태양이라면 맹자는 달이다. 유가의 탄생에는 공자가 없을 수 없고, 공자의 탄생에는 맹자가 없을 수 없다. 현재까지도 중국이 강대국으로 자처하고 있는 이유는 공맹의 유가 정신이 끊이지 않고 전해지는 덕분이다.

하늘을 세우는 도道에는 음양陰陽이 있고, 땅을 세우는 도에는 부드러움과 단단함이 있으며 사람을 세우는 도에는 인仁과 의義가 있다. 맹자의 도는 인의仁義의 도이며, 인의의 도는 요순堯舜(태평성대의 시대)의 도이다. 천지의 도는 공자의 상행常行(일상)에서 얻으며, 공자의 도는 맹자의 상명常明(수명)에서 얻는다. 사람들은 "공자는 위대하다"라고 말하고, "맹자는 훌륭하다"라고 말한다. 요즘 사람들이 공자를 소크라테스에 비유하고 맹자를 플라톤에 비유하는 것은 그야말로 절묘하다. 하늘이 맹자를 전국시대에 태어나게 하지 않았다면, 성인의 학문은 어떤 이가 이룩하였겠는가?

성인의 도를 이해하려면, 반드시 맹자부터 시작해야 한다. 공자의 언성言性과 천도天道, 증자曾子의 충서忠恕(진실하고 너그럽게 대함.), 자사子思의 천명지위성天命之謂性(성은 하늘이 부여한 것), 맹자의 성선설은 천성千聖의 깊은 곳에서 나오는 것으로 미래를 위해 끝없는 배움을 열었고, 특히 호연지기와 민귀군경民歸軍經(백성을 귀하게 여기고 군주를 가볍게 여김.), 천시지리인화天

25

공자상

時地利人和(하늘이 준 기회보다 지리상의 이점이 낫고, 지리상의 이점보다 사람들이 화목한 것이 나음.)라는 말이 귓전에 울린다. 모든 책마다 맹자의 말씀이 은하수 같이 쏟아지고 웅변이 막힘없이 천 리를 내려다보는 제왕의 정신적 기개가 가득하다. 이미 천 년을 뛰어넘어 우리 눈앞에 다시 살아있는 듯하다.

맹자(기원전 372~289년)는 이름은 가軻, 자는 자여子輿이다. 중국 고대의 유명한 사상가이자 교육자로 유가 학파의 중요한 대표적 인물이다. 그는 전국 시기 주나라 사람으로, 추국鄒國(현 산동성 추성시)의 마안산馬鞍山 밑의 부凫라는 마을에서 태어났다. 유가는 공자가 창설하여 맹자로 인해 크게 발전했다.

맹자의 영향력은 시대마다 다르게 칭송받지만 특히 유가의 도통론道統論을 내세워 나라의 큰 공을 세운 당나라 때 문학가이자 사상가인 한유韓愈는 "공의 정치는 우 임금보다 못하지 않다."라며 맹자의 사상을 계승하고 발전시킨 공로를 당 황제에게 인정받았다.

맹자는 중국 문화의 큰 산으로, 전국 시기 도의道義가 사라지고, 제후들이 패권을 다투던 환경에서 "나 아니면 또 누가 있겠는가捨我其誰"라며 어진 정치仁政를 널리 알렸고, 유학의 부흥에 큰 공을 세워 2000여 년 전의 중국 사회에 심원한 영향을 미쳤다.

맹자는 노나라의 귀족 맹손씨孟孫氏의 후손으로 조부 때쯤 추鄒 지역으로 옮겨왔다. 3살에 아버지를 여의고 어머니 장씨仉氏에 의해 길러졌다. 맹자는 어려서 뜻을 세우고 유학의 예절을 배워 15세쯤에 유학에 입학하고 글을 배워 자사子思(공자의 손자)의 문하에서 유가의 학문을 계승했다.

맹자가 배우기를 마친 후, 추에 머물며 제자를 기르고 학문을 가르쳤다. 문하에 18명의 유명한 제자가 있으며, 대표적으로 공손축公孫丑, 만장万章 등이 모두 그의 뛰어난 제자이다.

맹자가 살던 시기는 전국시대로 칠웅雄爭의 군주들이 패권을 다투던 시기였다. 이에 그는 '인정仁政' 통치를 실현하려는 정치적 포부를 품고 제후들을 설득했다. 약 44세 때, 그는 제자들을 데리고 20년의 열국을 순방하며 '인자仁者의 여행'을 시작했다.

맹자가 기원전 308년에 추나라에 돌아왔을 때는 나이가 65세를 넘었고, 자신의 정치적 포부를 여전히 실현하지 못한 채, 20여 년의 여정을 마쳐야 했다. 공자가 말년에 그랬듯이 물러나 추나라에 머물며 교육과 저술에 종사했다. 만장 및 여러 제자들과 더불어 시경과 서경을 정리하고 공자의 말씀을 해설하여 <맹자 7편>을 지어 후대에 남겼다.

그는 향년 84세의 고령으로 추 땅에서 임종하였고, 추나라 경내(현 추성시 동북쪽 약 12km)의 사기산四基山 서쪽 기슭에 장사 지냈다. 송대 이후로 제왕들은 맹자에게 봉호封號를 내려, 북송 신종神宗 원봉元豐 6년(1083년)에 맹자를 '추국공鄒國公'으로 추서했고, 원元 명종明宗 지순至順 원년(1330년)에는 '추국아성공鄒國亞聖公'으로, 명明 가경嘉靖 9년(1530년)에는 '지성至聖' 공자의 바로 다음인 '아성亞聖'으로 봉해졌다.

원문 <맹자 7편>은 상·하권과 장·절의 구분이 없다. 동한東漢 조기趙岐는 <맹자 7편>에 주를 달았는데 각 편을 상·하권으로, 각 권을 여러 장으로 나누었다. 책은 총 260장, 약 3만 4천 자이다. <맹자외서孟子外書>

27

4권이 더 있다고 하나 전해지지 않는다.

맹자의 사상은 <맹자 7편> 한 권에 집중적으로 반영되어 있다. 책에는 상세하고 완전하게 이론을 세웠고, 문자는 간략하고 힘차며 호방하다.

문풍은 과장되어 중국 고대 변대산문辯對散文(묻는 말에 옳고 그름을 가리어 대답하는 식의 산문)의 시초가 되었다. "어진 정치를 베풀고 왕도를 행하라"라는 그의 정치사상의 중심 내용이다. 그는 "군주가 덕행으로 백성을 따르게 해야 한다."라고 주장했다. 폭력으로 나라를 다스리는 것에 반대하여 '덕德'으로 통치해야만 진심으로 복종시킬 수 있다.'라고 여겼다. "백성을 중시하고 군주를 가볍게 여긴다."는 그는 '인정' 학설의 중요한 구성 부분으로, "백성이 제일 귀하고, 사직은 다음이며, 군주는 그 다음이다.(가볍게 여긴다)"라고 백성을 가장 중요한 위치에 두었다.

유가에서는 맹자의 성선설과 유심주의자唯心主義者, 공자의 천명론天命論을 계승하였다. 또한 사람을 구분할 때 '먼저 알고 먼저 느끼는 자'와 '나중에 알고 나중에 느끼는 자'로 이분법적 사고를 하였다. 즉 사람들이 '천명天命'에 따라 행동할 것을 주장하며, "오백 년마다 반드시 왕도 정치를 베푸는 성군聖君이 나온다.五百年必有王者兴"라는 유심사관唯心史觀을 제기했다.

맹자의 사상은 넓고 크고 깊다. <맹자 7편>의 문풍은 웅장하고 힘차고 굳세고, 맹자의 인격은 높고 아득하다. 청산은 변함이 없으나 사람은 연기와 같이 사라진다. 맹자 또한 2300여 년에 떠나갔으나 그의 사상은 지금까지 지나온 사랑 이야기처럼 아름다운 소리로 널리 알려지고 여운은 계속 귓가에 맴돈다.

맹자는 공자가 세상을 떠난 지 108년 곡부(공자의 고향)에서 겨우 20km 떨어진 추 땅에서 태어났다. 맹자의 탄생으로 유가의 성맥聖脈은 기세가 웅장하고 규모가 큰 강이 되었다. 맹자는 제노齊魯(제나라와 노나라)의 대지를

밝고 넓고 큰 하늘에 질문을 했다.

"공자가 떠나신지 얼마 안 되셨고, 그의 고향이 지척이니 내가
유가의 학문을 이어가라는 하늘의 뜻입니까?"

질문의 답을 얻은 맹자는 결론을 내리고 유가의 성맥을 계승하기로 했
다. 그리고 세상 사람들에게 선포했다.

"오백 년마다 반드시 왕도 정치를 베푸는 어진 임금이 나오고,
그때에는 훌륭한 인재가 반드시 있을 것인데…(하늘이) 만약 천하
를 안정시켜려 한다면 이 세대에서는 나 아니면 누가 있겠는가!
五百年必有王者興, 其間必有名世者…如欲平治天下, 當今之世, 捨我其誰也"

맹자가 왔다. 공자의 계승자이며 문인의 기개와 대장부의 호기를 가지고
백성을 사랑하는 뜨거운 마음과 높고 크고 풍요로운, 민본주의 사상이 요
동치는 위대한 사상을 품었다.

그는 정의를 위해 뒤돌아보지 않고 용감하게 나아가 공자가 개척한 학설

아성전亞聖殿

을 계승했고, 인본주의 정신이 가득한 그 길을 더 넓고 길게 확장했다.

공자와 비교할 때, 그는 자유로운 영혼과 독립된 인격으로 더욱더 힘찬 기운과 왕성한 긴장감을 가졌다.

> "넓은 세상에 몸을 두고 천하의 바른 위치에 서 있으면서 천하의 큰길을 걷는다. 뜻을 얻었을 때는 백성들과 함께 그 길을 가고, 뜻을 얻지 못했을 때는 혼자 그 길을 간다. 재물과 지위에 현혹되지 않고, 가난하고 비천해도 뜻을 바꾸지 않으며 위세와 무력에도 굽히지 않는 이런 자를 가리켜 나는 대장부大丈夫라 한다."
>
> "나는 호연지기를 잘 기른다.我善養吾浩然之氣"
>
> "삶은 내가 바라는 것이고, 의로움도 내가 바라는 것이다. 이 두 가지를 모두 얻을 수 없다면, 삶을 버리고 의를 취하겠다."

그는 대장부의 위엄 있는 모습을 지식의 숲에 높이 세웠다.

맹자는 재물과 권력을 가진 자, 높은 관직에 있는 자, 심지어 제후들을 대할 때에도 조금도 비굴하거나 아첨하지 않았다. 그의 마음속에 높이 앉아 내려다보는 듯한 천성적인 자신감과 우위가 있었고 위풍당당하며 기개와 도량이 비범했다.

> "그도 장부이고 나도 장부이니, 내가 어찌 그를 두려워하겠는가?"
> "제후에게 말씀을 올릴 때는, 그를 무시하고 그의 높은 위세를 보지 말아야 한다."

제나라 왕이 맹자에게 많은 황금을 보내온 적이 있었는데 맹자는 황금을 돌려보내라고 했다.

> "돈으로 매수되는 군자는 없습니다."

봉건적 삼강오륜에서 가장 중요한 "임금은 임금답고, 신하는 신하다워야 한다."에 대해, 공자는 단지 "군자는 신하를 예로써 대하고, 신하는 군주를 충성으로써 모신다."라고 했으나, 맹자는 이와 첨예하게 대립했다.

> "군주가 신하를 지푸라기처럼 보면, 신하는 군주를 원수처럼 본다."

공자이후일인공부재우하비
孔子以後一人功不在禹下碑(탁본)

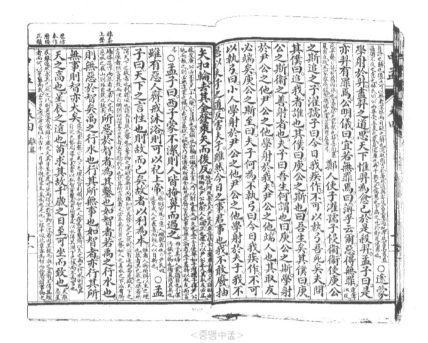

<중맹中孟>

후대에 명 황제에 등극한 주원장朱元璋은 맹자의 가르침을 읽고 나서 크게 노하여 맹자가 공자의 문묘와 함께 제를 모시던 것을 박탈하고 공묘孔廟에서도 쫓아내었다. 군주의 입장에서 생각해보면 그리 이상하지만은 않다.

그러나 맹자는 선각자인 맹자는 춘추 시대 이후의 대국과 제후들의 행태를 뚜렷하게 내다보았다.

"각 제후와 대국들이 땅을 위해 싸워 죽은 사람이 들판에 가득하다. 성을 위해 싸워 죽은 사람이 들판에 가득하다. 학정虐政으로 인해 백성이 초췌한 것이 지금보다 심한 때는 없었다."

<맹자孟子·진심장구하盡心章句下> 제4장

그래서 그는 공공연하게 "의로운 전쟁이 없다."라고 말하며, "전쟁을 좋아하는 사람은 가장 무거운 형벌을 받아야 한다."라고 외쳤다. 모든 전쟁에 대해 근본적으로 부정적 입장을 취함으로써 인류의 평화라는 영원한 주제를 제기했다. 당대의 군사軍師(전쟁 책략가)라 함은 진을 잘 만들어 적을 물리치고, 전쟁을 잘해야 했다. 맹자의 입장에서는 이들은 큰 죄인이었다. 군대를 배치하고 진을 치는데 능하며, 전쟁에 능한 것은 맹자가 보기에 가장 큰 죄악이었다. 그래서 맹자는 불의한 전쟁의 본질까지 폭로했다.

맹자는 위나라 왕이었던 양혜왕(위혜왕魏惠王)을 비판했으며 전쟁을 일으킨 자를 향한 분노를 드러냈다.

> "양혜왕은 자기가 땅을 빼앗기 위해, 백성을 아끼지 않고 전쟁에 끌어들여 백성들을 죽게했다. 시체는 들판에 널부러져 골육이 썩어 문드러지도록 넘쳐나게 있다. 백성을 천대하는 양혜왕은 어질지 못하다!"
>
> <맹자·이루장구상離婁章句上>의 제14장

> "땅을 차지하려 싸워 사람을 죽여 시체가 들판에 넘친다. 성을 빼앗으려 싸워 사람을 죽여 주검이 들판에 넘친다. 이것이 이른바 땅을 이끌어 인육을 먹는다는 것으로 죽어도 용서받지 못할 죄이다. 전쟁을 좋아하는 사람은 극형에 처해야 한다."

토지와 성을 쟁탈하기 위해 사람을 죽여 주검이 들판과 성에 가득 차는 것을 안타까워하지 않는 전쟁 도발꾼들에 대해 맹자는 사형을 내려도 그들의 죄를 갚지 못할 것이라고 여겼다. 그래서 군주를 위해 전쟁을 기획해 재물을 빼앗고 땅을 넓히려는 유능한 신하에 대해 맹자는 폭군을 돕는 백

맹자상

성의 원수라고 직설적으로 책
망했다.

"요즘의 좋은 신하라는
일컫는 자들은 옛날에는 백
성의 원수로 여겼다."
<맹자·고자장구하告子
章句下> 제9장

공자가 크게 칭찬했던 무왕벌
주武王伐紂(주나라 무왕이 폭군 주왕
을 토벌함)를 맹자는 단호하게 질
책했다.

"지극히 어진 것으로 어질지 못한 것을 치는데, 어째서 그 피가
절굿공이에까지 흐르는가? 설령 가장 어진 도仁道로써 가장 어질
지 못한 도를 토벌하였더라도, 어째서 그렇게 많은 피를 흘렸는
가, 쌀을 찧는 절굿공이가 떠오를 정도로 많은 피를 흘려야만 했
는가?

맹자는 여기서 이런 종류의 전쟁이 가진 본질을 지적한다. 전생의 승리
자가 상商씨이건 주周씨이건 상관없이, 모두 정권을 얻기 위한 내전일 뿐,
흘린 것은 여전히 백성의 피이다.
당시 노나라와 추나라에 분쟁이 생겨 추나라의 관리 서른세 명이 죽었으
나 백성은 한명도 죽지 않았다. 백성들은 그들을 통치했던 관리까지 죽어

가는 것을 보면서도 구하려 하지 않았다.

맹자는 이 일을 보며 추목공鄒穆公에게 말했다.

"당연한 일입니다! 그러게 누가 당신과 당신 부하들더러 평소
백성들을 잔인하게 대하라고 했습니까!"

양백준楊伯峻, <맹자역주孟子譯註 >

'아성亞聖'은 정말 훌륭하다. 관리가 아닌 백성의 이익을 기준으로 하는
규칙을 세웠다. 특히 후대 사람들에게 칭송받는 이유는 백성을 근본으로
하는 사상이 아니겠는가? 그는 '백성과 함께 기뻐하는' 사상을 처음으로 제
기했다.

"백성이 즐거워하는 것을 즐거워하는 자는, 백성도 그가 즐거워
하는 것을 즐거워하며, 백성이 근심하는 것으로 근심하는 자는 백
성도 그가 근심하는 것을 근심한다. 백성과 함께 기뻐하는 자가
곧 왕이다."

그는 공자의 누구에게나 차별 없이 교육을 베풀어야 한다는 기초 위에
더 체계적으로 백성을 가르쳐 부유하게 하는 사상을 제기했다.

"가르치지 않고 일만 시키는 것은 백성을 망하게 하는 것이다.
백성을 가르쳐 도의를 알게 하고 이후에 세금을 적게 거두면 백
성이 부유하고 나라도 부유하게 될 수 있다."

백성을 중시하고 군주를 가볍게 여기는 사상은 더욱이 그의 민본 사상의

亞聖孟子　孟子名軻字子與一

名子居鄒人　生于周列王四年己酉四月二日卒

於赧王二十六年壬申壽八十四　

萬章之徒著書　鄒郡父山在新城

人宗其圖時都郡即山也　新城

二程有母儀故其親北齊字廟文

聖王廟在鄒鄉都城外孟子故　廟

尊孔孟　生張以孔子引之政

在子孫上推孔子氏故揚王俊

化程子武孟書在孟氏而政

廿五日同週邦國應經卅三年壬

從引孟子戚泗張以曉年與

也三一族迟一謂子興字子典一

善述竹居尊北孟子七萬

孔子迟纖恬今以江亞子簡卽高

字五代孟子在内為時後李筆之經

雲鎮世禮北孟子萬亞聖

孟子孟聖

鄒國亞聖公孟軻傳子興

孟子為孔後門人平生七

祖之五萬

那一孔載紀失綠子形

맹자 초상

정수精髓이다. 그는 제후의 천하는 백성들이 준 것으로, 백성의 눈이 곧 하늘의 눈이고, 백성의 귀가 곧 하늘의 귀라고 말했다.

"백성이 가장 중하고, 사직은 그 다음이며, 군주는 가벼운 것." 이라는 말처럼 이 글을 읽을 때면 항상 성인과 성인이 아닌 것은 누가 말해서 정해지는 것이 아니라 결국에는 민심을 기준으로 정해지는 것이라는 생각이 든다. "백성은 중요하고 군주는 가벼운 것"이라는 문구가 맹자를 천고에 남게 한 것이 아니겠는가?

맹자의 인仁이라는 글자가 쓰인 큰 깃발의 밝은 빛을 받는 민본民本사상은 통치자의 본질에 대한 깊이 있는 이해에서 나온 것이다. 맹자는 자신의 이상을 양혜왕樑惠王에게 간언 했다.

> "사람을 도살하지 않는 자가 통일을 이룰 수 있습니다. 오늘날 천하의 사람을 다스리는 목자치고, 사람을 도살하지 않는 자가 없습니다. 만약 사람을 죽이지 않는 자가 있다면 천하의 백성이 모두 기다리고 있는 군주일 것입니다."
>
> <맹자・양혜왕장구상梁惠王章句上> 제6장

국가 기관을 장악하고 있는 군주를 대할 때, 맹자와 공자는 태도가 완전히 달랐다. 맹자는 늘 제왕을 내려다 보았다.

위나라의 군주 양혜왕이 맹자에게 가르침을 청하자 맹자는 전쟁을 일삼고 있는 위나라의 군주에게 간언하기 전, 먼저 경멸의 의미를 담아 양혜왕을 쏘아보며 "대왕께서는 군주 같아 보이지 않습니다."라고 말했다.

경멸감이 들었지만 유학의 대가인 맹자의 가르침을 받고자 웃으며 참았다. 그리고는 화두를 돌려 맹자에게 물었다. "어떻게 해야 천하를 안정시키고 통일 할 수 있겠습니까?"라는 문제에 대해 물었다. 맹자는 조용한 음성과 힘있는 말로 "사람을 죽이지 않는 자가 통일할 수 있습니다."라고 단언했다.

도살자는 살인을 좋아하는 자이고, 살인으로 문제를 푸는 것은 통치자의 포악하고 잔인한 본질을 집중적으로 드러냈다.

역사적으로 도살을 일삼은 통치자들은 흔하지만, 그럼에도 "천하의 백성을 다스리는 사람치고, 사람을 도살하지 않는 자가 없다."라는 맹자의 단호한 말은 놀랍기 그지없다. "백성을 다스리는 목자", 즉 백성을 관리하는 통치자를 놀랍게도 맹자는 단호한 말로 폄하했다. 천하의 통치자치고 살인을 좋아하지 않는 자가 없다. 맹자는 진정한 선각자였다.

전국 시기 통일을 이룬 진나라를 보아도 폭정의 정도가 얼마나 심했는지 우리는 알고 있다. 또한 통치자가 정권을 지키는 과정을 보면, 백성들의 피를 강처럼 흐르게 하고 주검이 산처럼 쌓이게 하지 않았던가?

문득 루쉰魯迅의 <꽃이 없는 장미無花的薔薇>가 생각난다.

"잔혹한 현실로 인해 이렇게 피와 눈물을 머금은 문자들은 근래에도 사라지지 않았다. 중국은 호랑이와 이리가 노략질하게 버려 두고 아무도 상관하지 않는다. 단지 몇몇 젊은 학생들만 관심을 가진다. 그들은 본래 편안히 공부해야 하는 학생인데 시국이 그들을 흔들어 편치 못하게 한다. 만일 관리들에게 양심이 조금이라도 있다면 어떻게든 자책하며 조금의 양심의 가책이라도 들어야 하지 않겠는가? 그러나 오히려 학생들을 학살했다!"

루쉰도 맹자와 같은 슬픔과 분노를 느꼈을까? 그와 맹자가 말한 "요즘 세

맹자 초상

상에 백성들을 다스리는 통치자치고, 사람을 죽이지 않는 자가 없다"라는
태도는 서로 통하는 것이다.

> "인仁이라는 것은 사람이다. 이것을 합쳐서 말하면, 도道이다."
>
> <맹자·진심장구하> 제16장

일찍이 공자로부터 "인자애인仁者愛人(인자는 다른 사람을 사랑한다)"라고 이
미 인仁을 사람과 연결 지었다. 단지 맹자가 공자보다 '사람'을 더 주의 깊
게 통찰했고, 사람의 본질에 대해서도 더 깊고 유심히 살폈다. 그는 통치자
들의 여러 가지 "스스로 만든 재앙"을 직접 경험하고 보았으며 그것의 가장
큰 폐해는 사람을 사람 취급하지 않고 마치 가축처럼 대하여, 그들을 부리
고, 더 나아가 먹고, 죽이고, 부패시키게 만든 것이었다.

수많은 원혼, 함부로 흘려진 붉은 피, 그리고 유형과 무형의 멍에로 짓눌

린 생명들이 잃어버린 사람과 인성, 사람의 지위와 권리를 고통스럽게 좇고 있다. 2000여 년은 결코 허무하게 흘러간 것이 아니다. 황량한 대지 위의 잡초라도 신음할 줄 알고, 황무한 대지 위의 갈대라도 생각이 있다. 이 아득한 메마른 대지의 저 먼 시작점에서 우리는 강인하고 고집스러운 맹자를 만난다. 죽임당한 사람이 들판과 성에 가득했던 전국 시대에 그는 "사람의 본성이 선하다."는 것을 의심하지 않고 믿었다. 그것이 사람이 동물과 구별되는 점이고, 사람이 폭력에 저항하고, 달리 말하면 어떤 강압에도 소멸시킬 수 없는 지극히 부드러우면서도 지극히 강인한 점이다.

> "사람의 본성은 선하여 물이 아래로 흐르는 것과 같다. 착하지 않은 사람은 없고, 아래로 흐르지 않는 물은 없다."
>
> <맹자·고자장구상告子章句上 > 제2장

이처럼 인간 본성의 선함과 아름다움이 어째서 마치 농작물이 잡초와 가시덤불 속에 쇠약해지고 끝내 사라져 찾아보기 어려워진 것처럼 되어 버렸는가? 맹자는 강력한 힘을 가진 형상화를 통해 비판의 칼날을 현실의 깊은 곳에 강하게, 곧장 찔러 넣었다.

한 가지 우화를 들어 설명해 보겠다.

옛날 우산牛山이라는 산이 있었는데 원래는 초목이 무성했으나 제나라의 수도 임치臨淄와 가까이 있어 도시의 방어에 취약하다는 단점 때문에 권력자들의 도끼날에 사정없이 베어나갔다. 베어졌어도 나무들은 강인하게 밤낮으로 쉬지 않고 자라서 새롭게 부드러운 새싹을 길러냈다. 그러나 양과 소를 방목하여 곧바로 막 자라난 어린싹을 인정사정없이 다 먹어 치웠다. 베이고 먹혀서 생명력이 왕성했던 푸른 산은 끝내 벌거숭이 민둥산이 되었다. 그는 가슴 아파하며 말했다. 착하고 아름다운 사람의 본성이 이 우산처럼 끊임없는 벌목과 먹힘으로 인해 허물어지고 시들고 추해졌다.

> "사람이 가진 것 중 어찌 인의仁义의 마음이 없겠는가? 사람이 양심을 잃어버리는 일은 도끼가 나무를 베는 것과 같다. 날마다 찍어낸다면, 어떻게 아름다워질 수 있겠는가? ······그러므로 기르면 자라지 못하는 것이 없고, 제대로 기르지 않으면 소멸하지 않는 것이 없다."
>
> <맹자·고자장구상> 제8장

맹자는 특히 사람의 '측은지심惻隱之心'을 강조하여, 측은지심을 인仁의 핵심으로 여겼다. <맹자>의 가르침에는 온통 측은지심으로 가득 차 있다. 그는 <맹자·공손축장구상公孫丑章句上>에서 "다른 사람을 궁휼히 여기는 마음으로 남을 불쌍하게 여기는 정치를 펼쳐야 한다."라고 하며, "측은지심이 없으면, 사람이 아니다."라고 확실하게 정의 내렸다. 그 후, <맹자·고자장구상>에서 재차 말했다. "측은지심은 모든 사람이 가진 것이다."

사실 약육강식의 시대에서 '다른 사람을 불쌍하게 여기는 정치'를 실행하라고 하는 것은 호랑이한테 가죽을 달라고 하는 것과 같은 이론이었다.

그러나 맹자는 민본의 가르침을 혼란한 전국시대부터 실현한 이상향 정치가이자 백성을 사랑한 성인이었다. 맹자가 남긴 인의와 측은지심은 기댈 곳 없는 사람들의 마음에 인성의 햇살을 비추고 있다.

> "자신의 부모를 공경하는 마음으로 다른 사람의 부모를 공경하고, 자기 자식을 사랑하는 마음으로 남의 자식을 보살펴라."
>
> <맹자·양혜왕장구상梁惠王章句上> 제7장

유가의 예절에서는 남녀가 친밀하게 지내지 못함을 강조하였다. 맹자가 존경하던 공자도 여자와 어린이들은 기르기 어렵다고 했다.

그러나 맹자의 이념은 조금 달랐다. 그는 언제나 측은지심이 앞섰다. 어느 날 손우곤淳于髡(제나라 관리)이 맹자에게 물었다.

남녀가 가까이 지내지 못하게 유가에서는 규정하고 있는데 만약 형수가 물에 빠졌다면 어떻게 해야 합니까?

맹자는 조금의 망설임도 없이 답했다.

천하가 물에 빠졌다면 도道로써 구해내고, 형수가 물에 빠졌다면 직접 손으로 구해야 할 일입니다. 형수가 물에 빠져도 구하지 않는다면 승냥이나 이리와 마찬가지 일 것입니다!"

<맹자·이루장구상離婁章句上> 제17장

맹자가 만약 높은 사람과 낮은 사람이 모두 사욕만 탐하여 나라를 위태롭게 만든 시대에 태어났으면, 인간의 본성으로 돌아가자는 그의 외침은 더욱 절박해지지 않았을까? 아니면, 그가 오랫동안 인간의 본성에 대한 대규모의 극심한 고통과 억압, 상해와 왜곡, 벌목과 먹힘을 겪게 한다면, 그는 인간의 본성이 선하다는 것에 대한 견지와 믿음을 저버렸을까?

아니다. 맹자는 그럴 리가 없다.

인仁이 핵심인 맹자의 사상에서 그가 우禹임금 시대의 개방된 언론을 주장했던 것은 소홀히 여겨졌다.

"우임금은 좋은 술은 싫어하고 듣기싫은 말은 좋아한다."

<맹자·이루장구하> 제20장

그는 우임금이 좋은 술을 싫어하고 듣기싫은 말을 좋아했다고 칭찬함으로서 실제로는 아는 것은 모두 말하고, 반대되는 의견은 조금도 숨기지 말아야 한다는 자신의 주장이 드러난다.

"어진 임금들은 듣기싫은 말을 듣기 좋아하여 종종 자신의 부귀와 권세를 잊기도 했다."

<맹자 · 진심장구상盡心章句上> 제8장

맹자는 순舜 임금을 언급하며, 그도 교훈이 될 만한 말을 좋아하여 기꺼이 여러 사람이 서로 다른 의견을 말하게 한 군주로, 그가 "상반된 의견을 담은 말을 듣고 선행을 보게 되면 마치 봇물이 터진 듯이 그 큰 흐름을 막지 못했다."라고 말했다. 한 예로 공자의 효사상孝思想을 계승한 악정자춘樂正子春이 노나라 재상이 되어 집권을 준비할 때의 이야기이다.

맹자는 악정자춘이 노나라 재상이 되었다는 소리를 듣고 기뻐서 잠을 못 잤다. 왜 이렇게 기뻐했는가? 맹자는 사람 됨의 근본을 선善이라 생각했다. 악정자춘은 자신과 다른 의견을 듣길 좋아했기 때문이다. 맹자는 악정자춘과 같은 성품의 관리를 더 나아가 분석하며 말했다.

다른 이의 의견을 듣길 좋아하면 사방 천 리에서 모두 달려와 자신들의 의견을 알려주게 된다. 천하의 사람들이 모두 다투어 자기의 생각을 말하는데, 국가가 어찌 흥성하지 못하겠는가?
반면 다른 이의 의견을 듣기 싫어 한다면 아첨하는 소인배들만 구름처럼 모여드니 이런 나라는 망할 날이 머지않게 된다.

춘추전국 시기는 중국 역사에서 자신의 소신을 가장 자유로이 말했던 시대이자, 제자백가쟁명의 시대였다. 시대의 흐름이 그렇게 만든 것인지 많은 나라가 숲처럼 있었고, 서로 치열하게 싸우며, 살고 죽는 것이 위태로워 많은 이들이 저마다 자신만의 생각을 내놓을 기회가 많았을 뿐만 아니라 나라를 지키고 존속시키는 생존에도 필요했다. 시대를 생각해 지금 돌아보니 그 시절 맹자의 학설은 드물면서도 진귀해 보인다.

"인자는 사람을 사랑하고……사람을 사랑하는 사람은 사람들이 그를 영원히 사랑한다."

<맹자·이루장구하>

"인仁이 불인不仁을 이기는 것은 물이 불을 이기는 것과 같다. 인을 행하는 사람은 한 잔의 물을 가지고 땔나무가 가득실린 수레에 붙은 불을 끄는 것과 같다. 꺼지지 않으면 물이 불을 이기지 못한다고 생각하지만 이것 또한 인이 어질지 못함에 가까운 것으로, 끝내는 남은 인仁조차 사라지게 되고 말 것이다."

<맹자·고자장구상> 제18장

비록 세상 풍조가 이미 수레에 실린 마른 땔나무에 모두 불이 붙은 것처럼 안 좋은 상태이더라도, 인仁이 한 잔의 물처럼 불을 끌 수 없는 상태라 하더라도, 인성人性의 깊은 곳에서 물처럼 흘러나온 인仁이 결국에는 악의 불을 이겨낼 것이라는 말이다.

맹자의 '민귀군경民貴君輕(백성을 귀하게 여기고 군자를 가볍게 여김)'을 맹자를 공부한 사람들은 좋아한다. 제후와 통치자들은 백성들의 노동을 착취하지 않으면 목숨으로 나라를 지킬것을 요구한다. 맹자는 영원히 백성의 편이었다. <맹자 7편>을 펼치면 민본 의식이 쏟아져 나와 천하의 백성을 따뜻하게 한다. 맹자 사상의 가장 귀중한 가치는 그의 그치지 않는 영원한 민본주의에 드러나며 더 나아가 백성의 행복을 위해서라면 대담하게 군주조차 권좌에서 끌어내린다. 맹자의 등장으로 인해 백성의 운명이 다시 해석되었고 춘추전국시대의 백성에게 약간의 존엄과 한 줄기 따뜻함이 생겨났다.

맹자의 학설중 으뜸으로 꼽는 것은 맹자의 '호연지기浩然之氣'이다. 맹자의 '양기養氣'설은 넘치는 인품 정신과 자신감을 내포하고 있다. '호연지기'는 일종의 강인함을 추앙하는 바른 정신이자 이익으로 유혹할 수 없는 기개이며 초월적이고 자유분방한 호기와 두려움이 없는 용기이자 웅대하고 확고한 패기이다.

이른바 "삼군의 장수를 뺏을 수 있지만, 보통 사람의 뜻을 빼앗을 수 없다.", "삶을 버리고 의를 취한다.", "백 세대 앞에서 분발하면, 백 세대 뒤에 듣고서 떨쳐 일어나지 않는 이가 없다.", "만약 호방하고 걸출한 선비라면 문왕이 없더라도 흥한다.", "순舜임금은 어떤 사람이고, 나는 어떤 사람인가, 노력하면 순임금과 같이 될 수 있다.". 이러한 기운이 모두 호연지기이다. 맹자 이전에는 어떻게 '기운을 기르는지' 아는 사람이 없었고, 맹자 이후의 뜻 있는 어진 사람들이 '기운을 기르며' 분발하기 시작하여 하늘을 떠받치고 땅 위에 우뚝 서게 되었다. 맹자는 정신의 창시자로, '호연지기'는 영혼의 기개이자, 권력자들이 정복할 수 없는 힘이다.

맹자의 다른 이론으로는 '대장부'라는 말이 있다. 맹자는 말했다. "재물과 지위에 현혹되지 않고 가난하고 비천해도 뜻을 바꾸지 않으며 위세와 무력에도 굽히지 않는 자를 대장부라고 한다!" 맹자는 '대장부'를 힘의 원천으로 보았다. 그것이 있으면 "평범한 사람의 빼앗을 수 없는 의지匹夫不可奪志"
인 담력과 식견이 생기고, "천만인이 막을 지라도 나는 간다.雖千萬人， 吾往
矣"라는 기백이 생기며, "추운 겨울이 와야 소나무와 잣나무가 늦게 시드는
것을 알게 된다.歲寒， 然後知松柏之後凋也"에서 말하는 생명력이 생긴다고 보
았다. 우리는 맹자의 이념에서 건강하고 왕성한 생명력을 느낄 수 있다.

맹자에게는 시대의 혼란과 잔혹은 모두 사람이 나서서 극복해야 하는 것
이었다. 그의 말로 표현하자면 "오백 년에 반드시 왕도 정치를 펼치는 자가
나오고 그 때에는 반드시 걸출한 인재가 있을 것이다…(하늘이) 만약 천하
를 평안하게 다스리려 한다면, 이 시대에는 내가 아니라면 누가 있겠는가?"
결국에는 '사람人'이라는 한 글자로 귀결되거나 하나의 독립된 '나我'라는
글자로 귀결시켜 하늘과 땅 사이에 굳게 서게 된다.

풍자와 욕설은 대부분 집권자에게 향하고, 측은지심은 지배를 받는 사람
또는 핍박당하는 사람들에게 남겨진다. 춘추 시기의 자공子貢은 자기의 재
물로 각국의 군주들과 어깨를 나란히 했고, 전국시대의 맹자는 자신의 독
립된 의지와 살아있는 인성, 뛰어난 인격과 비판 정신으로 그들과 대등한
지위를 누렸다. "부끄러움이 없음을 부끄러워한다면 부끄러워할 것이 없
다."라는 집권자를 맹자는 멸시하는 눈빛으로 바라보았다.

> "높은 자에게 간언할 때는 그를 무시하고 그의 대단한 위세에
> 굴하지 말라 그들의 높은 지위는 내 발 아래에 두면 그만이다. 그
> 들의 높은 집, 고급 수레, 시첩, 주연, 사냥 등은 모두 하찮은 것으
> 로 모두 내가 하지 않는 것들이니 내가 어찌 그들을 두려워하겠
> 는가?
>
> <맹자·진심장구하> 제34장

현대의 대 유학자 모종삼牟宗三 선생은 맹자의 학문은 곧 대장부의 학문이라고 했다. 확실히 그렇다.

맹자는 군자君子의 즐거움을 좋아한다. 덕을 높이고 의를 즐기면, 자득하여 욕심이 없게 된다. 맹자에게 있어 인생의 즐거움은 덕德을 향할 때 생기고, 의義를 향할 때 흥하는 것으로 그것은 구체적이고 선명하다.

맹자는 "**군자에게는 세 가지 즐거움**이 있다."라고 말했다. 그리고 즐거움의 문은 오직 군자만 열 수 있으며 소인은 들어갈 수 없다고 분명하게 말했다. **군자의 즐거움이란 부모가 모두 살아계시고, 형제가 무사한 것이 그 첫 번째 즐거움**이다. 그는 우리에게 가정의 즐거움이 원천이라고 알려준다.

두번째는 하늘을 우러러 부끄럽지 않고, 굽어보아도 사람에게 부끄럽지 않은 것이라 말했다. 이 말을 들으면 정신이 맑아진다. 즐거움은 늘 밝고 간단하며 신뢰를 동반하는 것이다. 소인은 개처럼 파렴치하고 파리처럼 엉겨붙어 온갖 계략을 다 쓰지만 어디 즐거움이 있겠는가? 맹자는 자신의 '태산같이 높은 기상'으로 우리에게 즐거움의 참모습을 그려 보였다.

세번째는 천하의 영재를 얻어 가르치는 것이라고 했다. 이러한 즐거움은 맹자가 학문을 탐구하고 가르치면서 얻은 깨달음일 것이다. 배움이 전해지고 끊임없이 발전해야만 즐거움이 끝이 없게 된다.

맹자의 "하늘이 내린 좋은 때는 지리 상의 이로움만 못하고, 지리 상의 이로움은 사람들이 화목한 것만 못하다天時地利人和"는 유가의 사랑이 천하를 가득 채운 경지를 말함이라 생각한다.

번지樊遲가 인仁에 관해 묻자, 공자는 "다른 사람을 사랑하는 것이다."라고 대답했다. 맹자는 "가족을 사랑하면 백성에게 인자하고, 백성에게 인자하면 동물과 식물도 사랑한다."고 했다. 맹자가 말한 "동물과 식물도 사랑

〈맹자〉강의 중 大師傳道

한다."가 주장하는 것은 시대를 초월하는 명제로 인류 사회를 위해 미래의 이상적인 사회의 아름다운 전경을 그려 보였다. 맹자가 표현해 낸 큰 사랑의 정신과 대자연에 대한 친화감, 귀속감은 우리가 커다란 한 가족이라는 느낌이 들게 한다.

맹자의 다른 가르침으로는 "마음을 기르는 데는 욕심이 적은 것만큼 좋은 것이 없다."라는 말이 있다. 사람은 재물로 인해 죽고, 새는 음식 때문에 망한다. 사람의 번뇌는 어디서 오는가? 욕망 때문에 어떤 사람들은 마음이 흔들리고, 욕망 때문에 어떤 사람들은 매일 자신을 불사르며 자신을 파멸로 몰아간다. 우리는 묻지 않을 수 없다. 세상에서 사람의 욕심보다 더 위험한 것이 있는가? 맹자는 크게 외쳤다. "마음을 기르는 데는 욕심이 적은 것만큼 좋은 것이 없다." 사람의 일생은 실상 자기 자신과의 싸움이다. "부귀에는 끝이 없으니, 사람은 마땅히 자족해야 한다."

이 가르침은 <자치통감資治通鑑>의 질박跌撲한 말 중에 기재되어 사람들의 욕망을 제어하는 자각 의식을 보여준다. 우리는 어려움을 극복하고 높은 산을 정복하며, 맞수를 굴복시키고, 다음 또 그 다음의 목표를 이루고 나면, 결국 가장 정복하기 어려운 것이 자신임을 알게 된다. 자신을 정복하는 데 있어 첫 번째로 높은 산은 '과욕過慾'이다. 버려야 할 것을 버리고, 잊어야 할 것을 잊는다면 아마도 성공이란 정상에 앉을 수 있을 것이다. "욕심을 버리지 못한다면 그 끝은 고통이고, 스스로 억제한다면 세상에 이름이 날릴것이다." 옛 성현의 가르침처럼 말이다.

나는 개인적으로 맹자의 양생養生의 도를 좋아한다. 존경스러운 맹자는 웅변이 막힘이 없고 기개는 광대하며 목소리의 여음은 길다. 더욱더 감탄스럽게도 맹자는 문장도 잘 쓰면서 양생 또한 잘했다.

유가에서 양생의 근본 목적은 "자신을 수양하여 백성을 편안하게 하는 것"으로 생명의 가치와 양생의 요지要旨는 "몸을 수련하고, 집을 안정시킨 후, 나라를 다스리며 천하를 평정한다."라는 이상적인 신념 속에서 하나로 합쳐진다.

이것이 유가 양생의 출발점이며, 불교, 도교의 양생과 구별되는 기본적인 특징이다. "어진 재상이 되지 않으면, 좋은 의사가 된다." 재상은 세상을 고치고 의사는 사람을 구한다. 그러므로 유가에서는 양생이란 줄곧 도덕 수양과 나라를 평안하게 다스리는 것이 유기적으로 결합하여 있는 것이었다. 청대의 저명한 학자 이어李漁는 "공자와 맹자보다 양생을 잘하는 사람은 없었다."라고 평가했다. 공맹과 유가의 양생의 도는 고품격 삶의 질과 장수를 추구하는 수신修身 철학으로 매우 풍부한 문화적 함의를 갖는다.

맹자는 양생과 득의德義를 함께 주장했다. 빛나게 살고 그림 같이 사는 것을 맹자는 이루었다. 즐겁고 건강하게 사는 것도 맹자는 이루었다.

맹자의 "괴팍한 성격"을 좋아한다. 같은 성인이지만 공자와 맹자는 각자의 특징이 있다. 그래서 후대 사람들은 "<논어論語>를 읽으면 봄바람을 맞는 것 같고, <맹자>를 읽으면 전쟁의 북소리를 듣는 것 같다."라고 말한다. 공자는 부드럽고 인정이 많고, 맹자는 영웅의 기세가 사람을 압도하는 당당한 대장부이자, 의지가 굳센 사람이다.

맹자의 개성은 그가 생사의 주도권을 가진 군왕을 대면할 때 가장 잘 드러나는데, 절대로 아부하지 않고 여전히 기세등등 하여 시원시원하게 말하며 심지어는 압박하는 듯이 보이기도 했다. 맹자는 군왕의 얼굴을 맞대하고도 직언하여 "군주에게 큰 과책이 있으면 간언하고, 여러 번 말해도 듣지 않으면 교체한다."라고 했다. 이 말은 담량과 용기가 없으면 감히 말 할 수 없고, 입 밖에 낼 수도 없는 말이다. 맹자가 볼 때 "임금은 임금다워야하고 신하는 신하다워야 한다."라는 진부한 말은 전혀 가치가 없다.

맹자의 몸에서는 철인哲人의 풍채가 있고 영웅·호걸의 기세가 있으며 남자다운 본색이 있어 어디서나 인격의 힘이 빛을 뿜어내므로 맹자를 굴원屈原과 함께 중국 지식인의 자각自覺과 독립獨立의 두 모범으로 삼아도 이상할 것이 없다.

오늘날까지도 그의 영웅적인 주장을 읽으면 여전히 그의 낭랑한 목소리가 생생하게 들리는 듯하다. 맹자의 성격이 괴팍했더라도, 우리는 여전히 그를 좋아한다. 훗날 그와 성격이 비슷한 사람이 있었는데, 그의 이름은 바로 루쉰魯迅이다. 이 둘은 모두 사람을 욕했고, 사람들에게 욕을 먹었다. 그들의 '괴팍한 성격'은 자세히 음미할 가치가 있다.

나 또한 괴팍한 맹자의 유일한 저서, <맹자 7편>을 좋아한다. 맹자가 늙자 그는 책 한 권을 써서 이 세상과 작별하며 격려의 말을 남기려 했다. 이 책은 일찍부터 그의 마음속에 있었고, 그가 오래전부터 쓰고 싶었던 것이다. 한 사람이 세상에 책 한 권을 남겼다면, 그것으로 충분하다. 어떤 사람이 운좋게 <맹자>를 읽고 이해하여 맹자와 가까워졌다면, 그는 행복한 사람일 것이다.

제 2 장

추성
산과 물, 그리고 역사의 걸작

천하기석제일산
역산^{嶧山}

역산의 이름은 '추역산鄒嶧山', '역산鄒山', '동산東山'으로, 중국에서 지정한 국가 A급 풍경 명승 지역이다. 공맹孔孟의 도시인 추성시 동남쪽 10km에 우뚝 솟아있고, 자연 경관이 아름답고 특이해서 태산 남쪽의 기이한 경관岱南奇觀, 추노의 아름다운 영혼鄒魯秀靈, 천하기석제일산天下奇石第一山이라는 명성을 얻었다.

역산은 중국 고대의 9대 명산 중 하나로 진한秦漢시기에 세상에 이름이 널리 알려졌다. 역산에는 "기괴한 돌이 수없이 많고 산에 흙이 없으며 돌들이 서로 쌓여 실처럼 이어졌다. 그래서 역이라 부른다". 역嶧을 <강희자전康熙字典>에서는 "끊임없이 이어져 서로 연결된 것으로, 역繹과도 통한다."라고 풀이되어 있다. 이것이 바로 역산의 본 모습이다.

돌이 계속 연달아 있어 돌이면서도 길이 된다. 역산은 높고 험준하지는 않지만 기이하고 아름다운 자태로 명산의 반열에 올랐고, 아기자기한 것을 장점으로 태산의 웅장함과 황산의 기이함, 화산의 험준함을 한데 모았다.

역산에는 사대서원, 오대기관, 팔대산문, 팔단금八段錦, 구룡동九龍洞, 십이복지十二福地, 이십사경, 이십사명석, 삼십육동천 등의 비경이 있다. 원

공자의 고향 추성을 만나다

나라의 <석두기石頭記(홍루몽의 원제)>는 "알을 쌓아둔 것 같고, 크기가 다양하며 돌이 쌓인 것이 기이하다."라고 역산을 묘사한다. BC 300만 년 전 빙하의 침식 작용으로 커다란 암석의 모서리가 닳아 오늘날의 둥글고 웅장하며 크고 묵묵한 특징이 형성되었다.

역산의 거대한 바위 아래에는 수많은 천연 동굴이 있다. 큰 것은 넓은 뜰 같고, 작은 것은 방 같으며 종횡으로 연결되어 꼬불꼬불한 길이 깊고 아름다운 곳으로 통하고 그 깊이는 측정할 수 없다. 동굴에는 샘물이 많아 동북풍이 불어올 때마다 샘물이 불어나고 운무가 솟아올라 "역산이 모자를 썼다."라고 하며 큰비가 오면 경치가 마치 신선들이 사는 산 같다.

위풍당당한 돌과 웅혼한 산, 깊은 동굴과 아름다운 샘이 같은 산에 모여 있어 역산에는 고대부터 무수한 신화와 전설이 전해진다.

전설에 따르면 여와가 하늘을 메워 보수할 때 썼다는 돌무더기, 양산백과 축영대 전설의 발원지는 모두 이 기이한 산을 더 매력적으로 만든다.

<맹자·진심장구상>에 이르길 "공자가 동산에 올라 노나라를 작다고 했고, 태산을 오르고는 천하가 작다."라고 했다. 여기에서 동산이란 역산을 가리킨다. 성인 공자가 역산을 오른 후 천고에 전해지는 이 감상평을 남겼다.

역산은 태산과 남북으로 마주하고 있어 '태산 남쪽의 기이한 경관'이란 명성을 얻었고, 두 산을 비교하는 말들이 생겼다. 역산에 올라 멀리 바라보면 노나라가 작은 줄 알게 되고, 태산에 올라 사방을 둘러보면 천하가 작은 줄 알게 되어, 시야가 넓어지면 반드시 심경의 변화를 가져오게 됨을 알 수 있다. 예전부터 역사에 이름을 남긴 성인은 모두 산천을 유람하길 좋아했는데 마음에 느낀 바가 있어야만 비로소 시문을 써낼 수 있었다. 그래서 산을 오르고 유람하는 것은 개인의 사상적 경지를 넓히는 데 중요한 작용을 했다.

맹자는 "큰 바다를 본 사람은 작은 물은 물로 보지 않고, 성인의 문하에서 배운 사람은 웬만한 견해는 의론거리로도 여기지 않는다."라고 했다. 뜻은 원대하게 세우고 마음의 지경은 넓히라고 후대 사람들에게 일러준다. 높이 올라 외치며 온몸을 천지 간에 맡기면 기운이 마음에서 생겨나 폐부에서 발산되고 그 후에야 비로소 양심을 연마할 수 있다.

역산은 해발이 고작 582.8m, 부지가 6k㎡ 밖에 안 되어, 오악五岳(중국인의 산악 신앙: 5악은 동쪽의 태산泰山, 서쪽의 화산華山, 남쪽의 형산衡山, 북쪽의 항산恒山, 중부의 숭산嵩山)과 비교하면 맹자의 고향 추성을 지키는 역산은 분재와 같을 뿐이다.

그래도 사람들에게 가장 감동을 주는 것은 역시 역산일 것이다. 역산은 음미할 만하며 많이 봐도 질리지 않고 글로 읽을 때마다 새롭다. 규모가 작아서 어떤 때에는 왕조나 시대에 잊혀지기도 했으나, 역산이 지닌 준수함과 인의仁義, 변화무쌍함은 지혜를 하나로 모은 큰 아름다움 덕에 많은 명산 중에서도 우뚝하여 백성들이 그리워하고 호걸들이 아쉬워하는 거대한 존재가 되었다.

　역산에는 계찰季札(오나라의 성인), 노자, 장자, 공자, 맹자가 왔었고, 사마천, 이백, 두보, 왕안석, 소식蘇軾(소동파), 육유陸羽(남송의 우국시인)가 다녀갔다. 그들은 진심으로 역산의 아름다움을 노래했다. 비록 그 아름다움의 만분의 일도 잘 묘사하지 못했지만, 역산은 그들을 지기知己로 여겼다. 유방(한漢태조), 이세민(당唐태조), 조광윤(송宋태조), 쿠빌라이(원元세조), 주원장(명明태조) 등 제왕들이 모두 이곳에 와서 봉선의식을 지내고 장생을 기원했지만, 역산은 그들의 권세에 답하지도 않고 그들의 처지가 나쁘다고 슬퍼하지 않았다. 총애와 치욕도 모두 잊고 무심결에 그들을 먼지처럼 쓸어내 버렸다.

　역산을 기재한 <시경>, <서경>, <좌전>, <사기>, <태평어람太平御覽>등의 고적을 증거로 열거할 때, 이미 25억 년을 살아온 역산은 그저 우직하게 자신의 청춘 세월을 보내고 있다. 역산이 일찍부터 유명했던 것에 다시 한 번 감탄한다.

　역산의 암석과 동굴은 세계의 산맥 중에 독보적이라고 할 만하다. 얼마나 오랜 세월 동안 파도가 쓰다듬고 비바람이 조각하였기에 이런 지혜로우면서 어수룩해 보이는 거대한 돌계단과 세월이 가득 스민 화려한 돌기둥을 만들어냈는가? 그 후 천지개벽하는 지각 변동 중에 대자연의 조화로운 손으로 돌멩이 폭포를 흩뿌리게 했는가? 아니면 여와가 하늘을 메꾸지 않고 단지 인간 세상의 단조로움과 적막을 해소하기 위해 이런 풍부하고도 다채로운 돌들을 제련해냈을까? 가만히 보면 모든 돌이 독립적인 생명체이다.

천태만상의 생명은 역산이란 하나의 대생명을 잉태했다. 산 전체에 퍼져 서로 연결된 동굴은 바로 이 생명의 혈관이다. 조설근曹雪芹은 단지 하나만 훔쳐 갔지만, 그것을 연마하여 세상을 감동하게 한 <홍루몽>을 써냈다.

1985년에 북경대학 진전강陳传康 교수가 역산을 조사했다. 중요한 과학적 가치를 가진, 고대에 바다가 육지를 침식한 형세를 발견하고 기쁘게 말했다. "이곳은 극심한 변화에도 불구하고 보존된, 국내에서 바다와의 거리가 가장 먼 고해식지古海蝕地 지형일 가능성이 매우 큽니다."

역산은 바다와 끊을 수 없는 인연이 있다.

역산은 바다의 딸로 바다와 대지의 열애 끝에 탄생했다. 역산에서 우리는 큰 바다가 격동한 후의 평온함과 그 끊임없이 약동하는 생명력을 여전히 느낄 수 있다. 특히 여름에 퍼붓는 큰비가 올 때에는 역산이 여전히 망망대해 속에 있다고 느낄 수도 있다. 가까이 다가가면 영원히 시들지 않는 물보라를 볼 수 있고, 자세히 들어보면 영원히 그치지 않는 거센 솟구침을 느낄 수 있다.

아마도 애정이 너무 깊기에 바다는 딸을 쫓아내 우주의 제단 위에 올리고 어려운 고난을 견디는 가운데 인애仁愛의 마음을 빚어내게 하여 인류의 도래를 맞이하게 했나 보다. 기다리고 또 기다려도 변심을 모르는 역산은, 인류 기원 때부터 줄곧 그 여성적인 정감으로 인류에게 깊은 연민과 관심을 보여주었다.

거인 시대에 태어난 역산은 필연적으로 난쟁이들에게 많은 시련과 고난

역산 정상

역산 경치

을 받아야 했다. 더럽힘, 모욕, 전란, 도적을 역산은 말없이 포용했다. 포악하고 거만한 황제를 연민의 마음으로 대하며 그들에게 탐욕을 부리지 말라고 경고했다. 인류가 등장하기 이전부터 강산이 이미 있었고, 인류가 사라진다 해도 강산은 여전히 존재할 것이다. 강산은 누군가의 사유 재산이 될 수 없고 우주의 일원이자 인류의 친구일 뿐이다. 수천 년 동안, 그녀는 명랑하고 활달한 호연지기로 인류의 저속과 편협을 씻어 없앴다. 그리하여 무수한 아름다운 시절들이 역산의 생명 속에 자라났다.

많은 사람이 역산을 올랐고 역산의 돌들을 절대 잊지 못했다.

진시황이 이사李斯(진나라 재상)를 대동하고 동순하여 역산에 올라 태산 봉선 의식을 위한 서막을 열었다. 재상 이사가 그를 위해 글을 쓰고 돌에 글자를 새겼고, 산에 남은 진나라 비석이 여전히 그때의 이야기를 전해주고 있다.

　역산의 돌은 거대한 크기를 뼈대로 삼고, 웅장함을 영혼으로 삼아 제왕의 마음과 가장 잘 통한다.

　진시황은 장군석將軍石을 가져가지 못해 한탄했다고 한다. 고민 끝에 그는 그저 큰 돌을 증표로 삼아 진나라의 공적을 상제에 고하며 제사 지내고 사방에 공포하는 수밖에 없었다. 그는 역산의 돌이 자신의 기대를 저버리지 않으리라 확신했다. 그의 흔적이 역산에 남겨졌다. 역산 암석의 웅혼함이 이곳에서 그를 꿈꾸게 했다.

　사실 시황제가 역산에 오기 전에 공자가 일찌감치 이곳을 다녀갔다. 역산 동쪽 기슭의 '소노대小魯臺'가 바로 공자가 당시에 역산에 올라 노나라를 작다고 한 곳이다. 공자가 당시 역산에 몇 번이나 올랐는지는 사료로 전해지지 않는다. 역산에 대해 그가 어떤 감정을 가졌는지 알려주는 사람은

역산 백운궁白雲宮

없지만 나는 추측할 수 있다. 그는 반드시 역산에 자주, 아주 여러 번 왔었을 것이다. 왜냐하면 공자와 역산의 돌이 매우 닮았기 때문이다. 공자는 온유하고 인정이 두터우며 십여 년에 걸쳐 여러 나라를 순방하였다. 그것은 모두 '인仁'이라는 한 글자 때문이었다. "인자는 다른 사람을 사랑한다.", "덕이 있으면 외롭지 않고 반드시 따르는 사람이 있다.", "예를 사용함에 있어 화목이 제일 중요하다."라는 그의 말을 통해 그가 온통 인의 마음으로 가득 찬 사람이었음을 알 수 있다. 역산에 올라 많은 생각을 하며 정리하고 인의 실천성으로 볼때 자주 역산에 왔음을 알 수 있다. 역산의 돌 또한 이러한 '인자'로 돌 중에서 군자의 풍골을 드러낸다. 돌들이 공자를 계발시켰는지 아니면 공자가 돌들에 인자의 생각을 부여했는지 정답은 없지만, 아마도 이 돌들과 공자는 친구였을 것이다. 마치 달마가 십 년 간 벽을 보며 돌과 대화하다 깨달음을 얻어 바람을 부리며 다니고, 그림자가 석벽에 새겨 영원하게 된 것처럼 말이다.

역산의 오화봉五華峯 앞에는 30m 높이의 돌기둥이 있는데, 사람들은 2600년 전의 주문공邾文公을 기념하기 위해 천표석天表石이라 불렀다.

기원전 614년 봄. 주나라의 군주 주문공이 나라의 수도를 하瑕(현 제녕濟寧 남쪽 5km)에서 역산의 남쪽으로 옮겼다. 천도하기 전에 주문공은 신관들에게 새로운 수도를 점쳐보라 명했다. 신관들은 "백성에겐 이로우나 군주에게는 좋지 않다."라는 점괘가 나왔다고 주군에게 보고했다. 주문공은 말했다. "만약 백성에게 이롭다면 과인에게도 이로운 것이다. 하늘이 백성을 낳고 후에 임금을 세우니, 그들을 이롭게 하라는 것이다. 백성에게 이로우면 과인은 반드시 그렇게 할 것이다.……군주의 사명은 백성을 기르는 데 있고, 생명의 짧고 긴 것은 때가 정해진 것이므로, 백성에게 이롭다면

옮겨야 한다. 이보다 길한 것은 없다."라며 천도했다. 과연, 그해 5월 주문공은 죽고 주나라 백성들은 풍요로워졌다. 이때부터 "군주의 사명은 백성을 기르는데 있다."라는 말이 전해졌다. 백성들에게는 군주에게 바라는 덕목이고, 관리들한테는 자체적으로 추구해야하는 규율이 되었고 역사적으로는 그렇지 못한 관리들에게 영원히 괴롭히는 고문이 되었다.

명明때 형부상서 설희연薛希連은 1453년에 조서를 받들어 역산에 제사를 지내러 왔는데, 추운 날씨가 이어지고 비와 눈이 많이 와서 백성의 고통이 이루 말할 수 없는 것을 보고, 비를 맞고 눈을 밟으며 밤낮으로 구제하여 굶주린 백성에게 양식을 푸는 한편, 붓을 들어 <왕모대제벽王母臺題壁>을 썼다.

"산이 외치고 바다가 우짖는 듯 식량을 구하는 소리가 높다. 천 명의 백성이 힘써 한 명의 관리를 먹이고, 한 명의 관리가 백성 만

역산비|嶧山碑 탁본

명의 비용을 쓴다. 관리의 탐욕이 얼마나 크고, 백성의 고통이 얼마나 큰 가! 백성의 고혈은 하늘도 탐내지 못하는 것이다. 하늘을 능멸하며 자기만 위하고 백성을 속이고 자신도 속이니 벼락 맞아 죽어도 시신을 땅에 묻지 못할 것이다!"

설희연이 수도로 돌아갈 때, 추현의 백성들은 길가에서 비를 무릅쓰고 울면서 배웅했다. 돌아서는 그도 눈물을 흘렸을 것이다.

역산은 치공역郗公嶧과 도화역桃花嶧이란 두 개의 별칭이 있다.

치공역이란 별칭은 서진西晉시기 태위를 지낸 치감郗鑑이란 사람이 지은

67

별칭이고 도화역이란 별칭은 청나라 추현의 현령 왕이감王爾鑑이 지은 별칭이다.

치감은 산동 금향金鄕현 사람으로, 서진에서 벼슬이 태위太尉까지 올랐다. 서진 말년에 전란으로 천하가 황폐해졌을 때 어느 사대부가 그의 은혜와 의리에 감동하여 고향에 돌아온 치감에게 적지 않은 양식을 보내주었다. 그러나 그는 생활이 더 어려운 사람에게 보내준 양식을 나누어 주었고, BC 307년에 천여 가구를 이끌고 역산으로 들어와 전란을 피하며 7년을 머물렀다. 그는 역산에 모든것을 소중히 아꼈다. 부하들과 식솔들에게 역산의 풀 한 포기, 나무 한 그루, 돌 하나까지 마음대로 하지 못하게 할 것을 엄하게 명하였다.

그런데 어느 날 치감의 어린 자식이 기아로 중병을 얻어 생명이 위태해졌다. 이를 보다 못한 보모는 가복을 시켜 역산의 산닭 한 마리를 잡아오게 하여 탕을 끓여 치감의 자식을 구했다. 그러나 보모는 자신의 행동이 치감에게 누가 되는 군령을 어긴것임을 알고 스스로 목숨을 끊었다.

치감은 이 소식을 듣고 자신의 어린 자식 때문에 충성스러운 자신의 백성이 죽은 것을 비통하게 생각하고 사람들 앞에서 어린 아들을 죽였다. 이를 추현의 현령이었던 황정견黃庭堅이 알고 치공의 인품에 감동하여 역산의 앵무석鸚鵡石을 세워 "인격이 높고 절개가 굳다高風亮節"라고 새겼다.

왕이감은 청대 옹정雍正 연간 추현의 현령으로 재직시 기록서 <역산지嶧山志>라는 책이 있다. 역산지에서는 "추현을 청렴하고 인자하게 다스렸다"라고 기술한다. 그의 정치적 업적은 대부분 세월의 안개 속에 흩어졌으나 나무를 심고 숲을 조성한 것은 오늘까지 미담으로 전해진다.

예로부터 역산에는 오동나무가 있다고 전해진다. <서경書經·우공禹貢> 기록에 의하면 '역산 남쪽의 고독한 오동나무'가 가장 유명하고, 이백은 역

역산고회嶧山古會

산 남쪽의 오동나무로 제작한 거문고를 타면 "가을바람이 소나무에 부는 듯하여 매우 기이하다"라고 했다. 왕안석의 <고동孤桐>이라는 시는 역양 고동에 대한 가장 정확한 이해가 될 것이다. "천성이 스스로 무성하고 홀로 높아 매우 크다. 구름에 닿게 자라도 굽히지 않으니 땅에 뿌리를 깊이 내려서이다. 나이가 들어도 뿌리는 튼실해지고 뜨거운 햇볕에도 잎은 더욱 무성하다. 정치가 바를 때는 백성의 질고를 생각하며 기꺼이 베어져 오현금이 되기를 원한다."

그러나 어떤 이유인지 역산 남쪽의 외로운 오동나무는 갑자기 종적을 감추었다. 왕이감은 "목동이 뗄감을 모으고, 소와 양이 짓밟으니 고독한 오동나무가 늙은 후 민둥산만 남았구나!"라고 탄식하며 산을 에워쌀 만큼의 복숭아나무와 살구나무를 심고, 가축 방목과 수확을 금하였다. 그리고는 산 인근의 가난한 백성에게 역산의 수확물을 재배하여 굶주림을 채우게 하였다. 복숭아나무와 살구나무가 드문 곳에는 소나무와 잣나무, 오동나무를 심어 보충했다.

> 하늘의 반인 역산 봉오리가 비단 같은 노을을 모으고,
> 오동나무가 늙은 후에는 복숭아꽃으로 채운다.
> 비옥한 뿌리는 인간 세상의 물을 쓰지 않고,
> 붉은 꽃이 봄 바람에 널리 흩날린다.

왕이감의 시

역산은 복숭아꽃이 만발하여 후대 사람들에게 "도화역桃花嶧"이라고도 불렸다. 안타깝게도 현재 역산에는 복숭아나무가 거의 없다. 하지만 외진 곳을 돌아보면 여전히 한두 그루의 복숭아나무가 암석 틈에서 가는 가지를

역양고동

내민 것을 볼 수 있다. 그 모습은 마치 역산이 왕이감에게 "관리가 되어 백성을 위해 실리적이고 유익한 일을 했다면 당신은 백성에게 기억될 것이다." 이렇게 말하고 있는 것 같다.

관리의 사명은 자신의 관직이 높이 더 높이 오르는 것이 아니라 백성을 위해 일하고 또 일해야 하는 것이다. 관리가 후세에 길이 남을 수 있는 길은 이십사사二十四史(청 건륭乾隆 시기 정한 중국의 정사)나 몇 개의 비석으로 정해지지 않는다. 오직 백성의 눈과 마음으로 기록한 가장 권위 있는 민본의 가르침으로만 평가를 받는다.

역산의 돌은 어디서 왔는가?

"산에 흙이 없고 괴석이 많아 실처럼 이어진다." 전해지는 사서에는 역산 돌의 융성함을 기술하고 있다. "천하제일괴석산"으로 현대 사람들은 역산 돌이 가진 기이함을 묘사한다.

신들의 싸움으로 부서진 하늘을 여와가 보수한 전설은 역산 돌에 신선의

기운을 가득 묻혔다. 여와가 오색의 돌을 연단하여 하늘을 메꾸고도 돌들을 다 쓰지 못하여 돌들이 쌓여 산이 되었다. 여화의 전설 이외의 이야기들은 괴석과 역산을 설명해 줄 수는 없었다.

명나라의 대여행가 서하객徐霞客이 역산에 와서 했던 말이다. "역산의 괴석이 실처럼 이어지니 사람들은 여와가 하늘을 메꾸던 돌이라고 말한다. 내가 어디서 왔냐고 물으니 흰 구름만 조용히 흘러가고 아무 말이 없었다." 그는 답을 찾을 수 없었다.

원나라 시인 조맹부趙孟頫도 역산의 돌에 대해 의문을 가지고 시를 지었다. "어느 해에 하늘의 별에서 천궁을 내려보내 땅에 떨어져 연꽃이 되었는가!" 역시 답을 찾을 수 없었다.

장강 만 리에도 근원이 있다.

역산 밑 추나라와 노나라의 고장에는 역산 돌의 유래에 대한 전설은 부지기수다. 현대에 이르러 중국 해양대학 조송령趙鬆齡이라는 지질학자가 그의 과학적 혜안으로 역산의 돌이 가진 오래된 수수께끼를 풀었다. 역산의 돌에는 추노鄒魯지역의 약 300만 년 전 빙하가 운동한 흔적이 남아있다. 바꾸어 말하자면 역산의 돌은 빙하의 딸이다.

10억 년 전에 이곳은 원래 얕은 바다에서 퇴적된 오래된 지층으로, 반복

적으로 여러 차례 융기와 침몰을 거쳐 끝내 수면 위로 떠 올랐다. 300만 년 전에 역산은 지구 위의 다른 곳과 같이 빙하 시대를 겪었다. 어느 날, 이곳의 대지가 갑자기 흔들리기 시작하고 거대한 얼음이 이미 무거운 무게를 이기지 못하던 암석과 자갈을 낭떠러지로 힘껏 밀어냈다. 깊이 잠든 빙하가 깨어나기 시작해 그 물결을 따라 표류하던 암석이 칼날 같은 모서리로 큰 덩어리의 나암裸岩을 잘라냈다. 자연 조화의 은총으로 역산 암석의 질서가 다시 쓰였고 이로써 독특한 자태가 형성되고 천하에 널리 알려지게 되었다.

역산의 돌은 빙하의 딸이다. 이 얼마나 아름다운 답인가! 물로 인해 딸의 성질을 타고나 빙하의 시대를 겪은 후에는 남성적 기운을 드러내니 사람들은 조물주의 신기에 감탄한다.

올해는 어떤 해인가? 오늘 저녁은 어떤 저녁인가? 해마다 역산은 많은 여행객을 맞아들이고, 해마다 역산은 수많은 여행객을 배웅한다. 만 년 후에도 사람들은 역산을 말하고 역산의 암석을 말할 것이다.

산수 도시, 녹색 도원

　산은 도시의 뼈이고 물은 도시의 영이며 성인은 도시의 혼이다. 산과 물이 서로 비추는 도시의 경관은 추성으로 하여금 산과 물과 성인이 있으며, 시와 그림과 문장이 있게 한다. 한 번 보면 잊을 수 없고, 놀러 오면 돌아가는 것을 잊게 만든다.

　도시 안에는 호수가 있고 호수 안에도 도시가 있다. 도시와 호수가 서로를 안고 입을 맞춘다. 호수는 웅장하거나 크지 않아도 되고 망망대해일 필

전원수색

요도 없다. 그저 고요하고 차분하며 황혼의 꿈이 이곳에서 흩날리게 하는 정취를 보여주면 된다. 그런 의경意境을 전부 드러낸 당왕호唐王湖로 먼저 발걸음을 옮겨보았다.

　이곳의 이름은 당왕호唐王湖이다. 곱고 아름다워 연지의 기운이 깃든 서호西湖나 맑은 샘물이 합류하는 대명호大明湖에 비하면, 당왕호는 그리 크지 않다. 면적은 고작 30만㎡이고, 호수는 불규칙한 직사각형이다. 석조 제방이 호수를 둘러싸 어디를 가든지 모두 물에 가까이 갈 수 있다. 저녁 무렵의 석양빛 아래 석조 제방에 조용히 앉아 있으면 맑은 바람이 부드럽게 불어와 번뇌를 모두 반짝이는 호수 빛 속에 던져 넣는 듯하다. 호수 전체가 남북교로 연결되어 있고, 여기에 동·서로 이어진 도로가 맞물려 4개 부분으로 나뉘며 밭전자 모양의 틀을 형성하여 호수 위에 '십자 언덕'을 만든다. 당왕호의 북쪽에는 서에서 동으로 순서대로 하화지荷花池, 쌍조호雙島湖, 피수호避水湖가 있다. 동쪽 호숫가의 굴곡은 천연적인 것으로 들쑥날

추서습지공원

쑥하여 정취가 가득하고 작은 돌에 물고기가 노닐어 여행객과 함께 즐거워한다.

시야가 닿는 범위 안에 전체 호수가 훤히 보인다. 아주 작아서 자기 집 후원의 연못같이 주머니에 담아 바닷가로 가져갈 수 있을 것만 같았다. 당왕호는 성인聖人의 숨결이 스며들어 탈속적이고 우아하다. 푸른 산이 쪽빛 물에 비치고 늘어진 버드나무가 맑은 물결을 일으키며 물고기가 구름 그림자를 흩뜨린다. 아름다운 경치가 사람을 취하게 한다. 멀리 보면 고색창연한 북쪽 호숫가에 옛 건물들이 보인다. 문물박물관, 지붕이 유리 기와로 덮이고 처마 끝이 올라간 '상학정翔鶴亭', 고아성古亞聖 관광거리 이것이 바로 당왕호 분위기의 근원일 것이다. 좋은 것을 한데 모으니 서로를 더욱 돋

추성북숙鄒城北宿

보이게 한다.

　당왕호는 언제나 사람이 넘친다. 이곳에서 산책하는 연인, 늦은 저녁 비
틀비틀 걷는 노인, 옹알옹알 말을 배우는 아이, 그들은 이 호수가 주는 아
름다움을 함께 나눠 누리면서 생명의 서로 다른 시간대의 이야기를 드러
낸다. 공연이 끝나도 관중이 흩어지는 일 없이 그저 하루의 일 막이 조용히
끝나는 것이다. 노인의 마른 손에 이끌려 어린아이의 가늘고 부드러운 손
은 내일의 이 막을 준비한다. 당왕호의 물결소리를 듣고 있노라면 감동적
이고 색다른 기쁨을 준다.

　추성의 물은 단순히 호수 하나, 연못 하나뿐이 아니다. 하늘과 호수의 빛
깔이 같은색으로 비치는 당왕호 외에도, 동쪽의 물빛이 윤기 나는 맹자호

孟子湖가 태평太平습지공원, 향성香城습지공원, 북숙北宿습지공원 이 세 곳
의 습지공원과 함께 오랜 역사에 심취한 추성에 약간의 완약함을 보탠다.

추성 습지군은 사람들에게 여가와 휴식을 제공하면서 이곳의 기후도 조
절하고 있다. 습지는 도시의 사람으로 비유하면 콩팥이다. 수원을 품고 있
으며 불순물을 여과하고 이 땅을 정화하여 생태계를 유지한다.

물의 집중된 영기를 느끼고 나면 산의 웅장하고 힘찬 기세도 보고 싶어
진다. 추성은 산이 많다. 특히 동쪽은 계곡이 많고 산이 첩첩하여 푸르다.

추동은 천연의 산소방으로 '추동심호흡鄒東深呼吸'이 화동지방의 유명한
여행 브랜드가 되었다. 추성의 동쪽은 긴 녹색 장랑長廊(중국식 행랑)이다. 역
산嶧山삼림공원과 십팔반十八盤삼림공원, 부산鳧山삼림공원, 오보암산五寶
庵山삼림공원, 호가산護駕山식물원이 어우러져 초록빛을 넓게 펼친다.

성산, 성수와 함께 색다른 경치로 걸음을 옮기면서 자연과 하나가 된다.

시 같고 그림 같은 선경 속에 6천만m²의 과수원이 있다. 그 속에서 멀리
바라보니, 온 산천에 가지와 잎이 무성하고 과일 향기가 풍겨온다. 향기와
푸른 빛이 이곳에 있는 모든 사람의 몸을 감싸 도시의 분주함을 떨쳐내고

孟子의 고향 추성을 만나다

소박한 전원의 평온으로 돌아가게 한다.

숲에서 산책하고 열매를 따며 잠시 농부가 되는 상상을 해본다. 수확의 기쁨이 산속 맑은 공기와 함께 넘실댄다. 도시생활에 지쳐있다면 농촌 생활의 즐거움을 맛보러 떠나보자. 여유를 갖고 농부와 함께 즐기는 즐거움을 함께 누리는 것도 추성 생태 여행의 길로 충실하고 다양한 즐길거리 일 것이다.

신선한 산소를 마시고, 제대로 된 유기농의 농촌 음식을 먹고, 습지와 산림이 빚어낸 아름다운 환경을 즐기다 보면 문득 무릉도원의 전원생활도 이와 같아 도연명陶淵明(무릉도원을 노래했던 시인)도 차마 떠날 수 없었을 것이라는 생각이 든다.

숲은 푸르름이 완연하고, 호수의 물은 반짝인다. 추성은 한적하고 평화로워 마치 한폭의 그림 같다. 녹색 자연이 이곳에 방문한 모든 사람에게 축복을 내린다. 산과 물이 도시에 있다. 산과 물이 행운인지, 도시가 행운인지 모르겠다. 모든 마음이 이곳에서 어느샌가 쉼을 얻고 가벼워진다.

추성 향촌 여행 공략

구룡산九龍山 살구꽃 여행

중심초매원中心草莓園에서 유기농 딸기 채집 → 구룡산 살구꽃 감상 → 황가향초장원皇家香草莊園에서 일곱 빛깔 꽃 바다 감상 → 명 노왕릉魯王陵 황실 매장 문화 이해

※ 자가운전여행 노선: 시내에서 104번 국도를 따라 북쪽으로 3.5 km가면 도착.
※ 농촌체험추천: 건원산장乾元山莊 백대생태원百大生態園

역산嶧山 복숭아꽃 여행

역산 추노생태원鄒魯生態園 복숭아꽃 감상 → 역산에 올라 복을 빌기 → 역산 둘레길 역산 전경 관광

※ 자가운전여행 노선: 시내에서 104번 국도를 따라 남쪽으로 5.5km 가면 도착
※ 농촌체험 추천: 석류원야미石榴園野味식당 역산산장분계점嶧陽山莊笨雞店

노용만老龍灣 배꽃 여행

향성香城 노용만에서 백 년 된 배꽃 나무 감상 → 오보암산五寶庵山에 올라 산지에서 여유 즐김 → 행복북제幸福北齊, 자막고리子莫故里등 아름다운 향촌 참관

※ 자가운전여행 노선: 시내에서 금림대도金臨大道를 따라 동쪽으로 가서, 대천선大泉線을 거쳐 신동외환新東外環을 건넌 후, 동쪽으로 1.5 km 가면 도착
※ 농촌체험 추천: 노용만 "이원인가梨園人家" 시리즈 농촌체험

금산金山 앵두꽃 여행

간장금산대앵두원看莊金山大櫻桃園에서 앵두꽃 보기 → 부루하付樓河 풍경 감상 → 유하읍柳下邑의 오래된 쥐엄나무 보기 → 금강산주업金鋼山酒業 동굴 보관 명주名酒 맛보기

※ 자가운전여행 노선: 시내에서 104번 국도를 따라 남쪽으로 16 km 가서 장진주지莊鎮駐地 도착 후, 동쪽으로 약 3.5 km 가면 도착
※ 농촌체험 추천: 희사연반점喜事連飯店 해납농가악찬음공사海納農家樂餐飲公司

십팔반十八盤 홰나무 꽃 여행

전황진田黃鎭의 십팔반산十八盤山에서 홰나무 꽃 감상 → 십팔쟁협곡十八趟峽谷 풍경 감상--양곡민속촌楊峪民俗村 유람→ 삼선산三仙山 유기농 채소 맛보기, 수확 체험

※ 자가운전여행 노선: 시내에서 104번 국도를 따라 북쪽으로 신북외환新北外环까지 간 후, 동쪽으로 약 23 km 가면 도착

※ 농촌체험 추천: 화봉황반장火鳳凰飯莊 녹원반점綠園飯店

상구산上九山 장미 꽃 여행

상구산의 오래된 촌락 돌집 관람 → 상구산장미원上九山玫瑰園 꽃철 녹흠춘생태장원綠鑫春生態莊園에서 농사 활동 체험

※ 자가운전여행 노선: 시내에서 104번 국도를 따라 남쪽 방향으로 가다 신남외환新南外环의 역산진 도착 후, 서쪽으로 신남외환新南外環과 제조루濟棗路가 만나는 지점까지 간 후, 남쪽으로 석장진주지石牆鎭駐地까지 간 후 서쪽으로 약 1km간 후 방향을 바꾸어 남쪽으로 3 km 가면 도착

※ 농촌체험 추천: 상구인가上九人家 녹흠춘생태장원綠鑫春生態莊園

제3장

추성
역사와 문화의 아름다운 문물

맹묘

맹묘, 맹부, 맹림
– 인자仁者의 발자취를 찾아

진정한 울림이 있는 여정은 큰바람이 일어나는 듯한 고풍스럽고 힘찬 선율이 있다. 성인의 고향은 언제나 시간과 자아를 망각하게 한다.

맹묘孟廟(맹자의 묘), 맹부孟府(맹자의 마을), 맹림孟林(맹자의 묘역)의 풍부한 문화적 축적과 민본 사상이 울창한 고목 사이와 즐비한 비림 속에, 사당과 전각 사이로 녹아들어 인애仁愛의 기운으로 천추만대에 영향을 주고 있다.

맹묘는 '아성묘亞聖廟'라고도 하며 대대로 맹자에게 제사 지내는 곳이다. 이 사당은 북송 경우景佑 4년(1037년)에 처음 세워졌고, 추성 동북쪽에 위치하며, 선화 3년(1121년)에 지금 위치로 옮겨 왔다. 그 후 맹묘는 끊임없이 증축과 확장을 거듭하여 명대에 이르러 지금의 규모를 갖추게 되었다.

맹묘의 오진五进식 원락院落(안뜰)은 등급이 분명하다. 맹묘 내부에는 각종 전각이 64채나 되고 나무 패방(문門의 일종)이 3개, 돌 패방이 1개 있다. '아성전亞聖殿'을 중심 건물로 남북으로 원락이 대칭되어 맹자의 근엄함과 유가의 예의를 선명하게 보여준다.

맹묘의 규모는 공묘 다음이다. 산동성에 현존하는 역사가 오래되고 보전이 온전한 고건축물 중의 하나로 송·원에서 명·청 시기까지 고건축의 대표적 작품이다.

맹묘비벽

영성문欞星門은 맹묘에 들어가는 첫 대문이다. 좌우에 나무 패방이 하나
씩 있는데 문패에는 '성인을 계승한다繼往聖', '미래의 학문을 연다開來學'
라고 쓰여있다. 패방의 글자는 당시의 산동 순무巡撫, 정보정丁寶楨이 손수
쓴 것으로 맹자가 유가 사상의 계승과 전파에 기여한 큰 업적을 칭송했다.

문으로 들어서면 보이는 것은 하늘을 찌를 듯한 고목이 옛 사당을 두르
고, 땅에는 비석이 가득하며 벽에는 시가 가득한 풍경으로 마치 다른 세상
에 들어온 것 같다. 고요한 정원과 평온한 전각, 묵묵한 고목, 우뚝 선 비석,
바람이 잔잔히 스치는 공기까지 천년의 향기와 고요함이 자욱하다. 이런
분위기가 정서를 차분하게 해준다. 아성의 지혜가 가득한 분위기와 편안한
발걸음은 잠잠하게 느껴져 오는 좀처럼 얻기 힘든 여유로움이다.

두 번째 문은 '아성묘亞聖廟' 돌 패방이다. 패방 정중앙에 해서체로 '아성
묘' 세 글자를 새겼고 그 옆을 '구름 속 익룡', '바닷속 교룡' 무늬가 보좌하
여 전아함과 고풍스러움이 눈앞에 살아난다. 석방 동쪽에는 명대 만력萬曆
9년(1581년)에 세운 <추국아성공묘鄒國亞聖公廟> 비석이 있다.

맹묘의 두 번째 원락에 들어서면, 고목이 울창하여 하늘과 해를 가리며
무수한 세월을 지나도 가지가 여전히 곧아 맹묘에 생기를 더하면서 맹묘의

고건축군의 장구한 역사를 드러내고 있다.

원내에는 벽돌이 깔린 용로甬路(큰 정원 또는 묘지의 가운데 길)가 있어 '의문儀門'으로 통한다. 문머리에는 '태산기상泰山氣象'의 네 글자가 써진 편액이 걸려 있다. 맹자가 호연지기를 잘 길렀다는 것은 모든 사람이 안다. 호연지기란 태산의 기상으로, 지극히 크고 굳센 것이다. 이 편액은 아마도 맹자의 '대장부'의 품행을 앙모하며 흔쾌히 쓴 것일 것이다.

의문을 넘으면 맹묘의 제3진 원락이다. 원내에 동서로 문 하나씩을 세웠는데, 동쪽은 '지언문知言門', 서쪽은 '양기문養氣門'이다. 두 문의 남쪽에는 각각 '제기고祭器庫'와 '생성소省牲所'가 있으며 제기와 제품을 두는 곳이다.

원내 북쪽의 세 문은 병렬되어 있는데, 가운데는 '승성문承聖門', 동쪽은 '계현문啓賢門', 서쪽은 '지경문致敬門이다. 전통적인 겹처마 팔작지붕은 전부 나무 구조로 건축되었고 녹색 유리 기와로 지붕을 덮었으며 전각 내부 중앙에는 채색된 맹자 좌상坐像 감실龕室이 있다.

공자는 말할 때 꼭 요순을 칭송했고尊王言必稱堯舜 맹자는 우임금과 안자와 같은 마음으로 세상을 걱정했다憂世心同切禹顔. 인의仁義의 맹자, 세상으

아성전亞聖殿

맹묘의 석비

로 나와 백성을 걱정한 맹자에 감동한 건륭제가 이 단을 만들게 했다. 그의 인정仁政 학설은 임금에게는 제한을 가하고, 백성에게는 새 생명을 주었다.

아성전 앞의 동서 양쪽 행랑은 원래 맹자의 제자와 역대 맹자를 연구한 학파의 공헌이 있는 학자를 모신 장소이다. 맹묘 안의 침전寢殿, 계성전啓聖殿, 맹모전孟母殿과 어비정御碑亭 등의 건축물은 모두 각자 특색이 있다.

맹묘는 고대 건축 조각 회화 기법의 예술 박물관이라 할 수 있다. 이곳에

있으면, 역사와 하나 되는 듯한 감정이 저절로 생겨난다.

　대체로 역사와 문화가 유구한 곳은 오래된 나무가 반드시 있다. 아성묘도 역시 그렇다. 역대의 왕조와 시대의 성현을 우러러 그리워하는 후세 사람들은 이곳에 많은 나무를 심었다. 할아버지가 나무를 심어 손자가 더위를 식힌다. 맹묘 안에는 유명한 나무들과 고목들이 많이 있다. 그들은 말없이 우뚝 솟아 오랜 세월 동안 맹자의 고향의 변천을 지켜보고 있다.

맹묘강희비孟廟康熙碑

맹부 예문의로禮門義路   아성부亞聖府

　많은 고목들은 비바람을 겪고 다양한 형태로 자라나 엄숙하고 경건한 맹묘에 분위기와 상상력이 전설을 만들어 간다. 맹묘의 오래되고 유명한 나무 중에는 4대 기이한 자연경관이 있다. 홰나무(회화나무)를 안은 측백나무, 등나무가 감싼 은행나무, 구멍 난 홰나무로 보는 달洞槐望月, 전나무에 자라난 구기자나무이다. 맹묘의 고목 경관은 일찍이 명나라 때부터 사람들의 사랑을 받아 명대의 서화가 동기창董其昌이 오언율시 한 수를 지어 읊었다.

　　　　맹자 사당의 나무를 좋아한다.
　　　　울창하여 나무 중의 모범이 된다.
　　　　기름진 뿌리는 수강에서 물을 대고,
　　　　기운은 역산의 영기를 품었다.
　　　　세상을 겪으며 진나라 전서를 연마하니
　　　　높이 뻗어 춘추를 응집시킨듯하다.
　　　　전나무의 나이가 오래되어
　　　　열선경列仙傳에 들어갈 정도이다.

맹묘의 비각은 그 수가 많고 역사가 장구하여 여러 왕조와 시대를 지나면서도 보존이 온전하여 유일무이하다. 이 석각들은 한·당·송·원·명·청 역대의 걸작을 모았고 전서, 예서, 행서, 해서, 초서 등 여러 서체가 다 있다.

훌륭한 것들을 다 모아 풍부하고 다채로우며 '강희어제康熙御製', '건륭어제乾隆御製' 등의 비석은 감히 비석 중의 진품이라 할 수 있다. 맹묘를 둘러보고 나면, 여행객들은 맹자의 숭고한 인격이 어떤 생활 중에 길러졌는지 더욱 궁금해진다.

맹부는 맹씨의 적계 후손이 거주하는 저택으로 북송 말기에 건설되기 시작했고, 건축 배치가 엄밀하다. 주건축물은 남북의 중심축 위에 배치되어 있고, 앞뒤로는 7진식 안뜰이 조성되어 있으며, 앞은 대당관아大堂官衙, 중간은 내택, 뒤는 화원이다. 서쪽으로는 맹씨의 가학 '삼천서원三遷書院'이 있다. 이곳의 모든 땅과 건축물은 맹자가 말과 행동으로 가르치던 생활 방식을 우리에게 알려준다.

맹부의 대문은 3개이며 문머리의 정중앙에는 금박을 입힌 거대한 '아성부亞聖府' 편액이 걸려있고, 검은색으로 칠한 대문에는 2m 높이의 수문장이 그려져 손에는 금과金瓜를 들고 있고 표정은 위엄이 있다. 문밖에는 높은 가림벽이 세워져 있다. 문 앞에는 한 쌍의 명대의 돌 사자가 좌우에 늠

맹부孟府 편액

94

맹묘비벽

름하게 앉아 있고, 계단 양쪽에는 말에 오르고 수레를 타는 용도의 네모난 돌 받침대 한 쌍이 있다. 이문은 '예문禮門'이로도 불리며, 문에는 세 개의 구멍이 있고 정중앙 문머리에는 '예문의로禮門義路'의 큰 글자가 있고, 여섯 쪽의 검게 칠한 문에는 각각 투구를 쓰고 갑옷으로 무장하고 칼을 쥔 무사와 생김새가 온화하며 조복을 입은 문관이 채색되어 있다. 삼문은 '의문儀門'으로도 불리며, 단문현산식 건축물로, 앞뒤로 4개의 목조 꽃봉오리가 있어서 '수화문垂花門'으로도 불린다.

의문은 평소에는 열지 않고 맹부에 경사스러운 축제가 있거나 황제가 방문하거나 임금의 명령을 낭독하거나 또는 중대한 가족 의식의 거행할 때 축포를 쏘며 열었다. 그래서 이 문은 삼엄한 봉건적 예의 규범을 드러낸다. 예의는 줄곧 유가 문화의 중요한 구성 부분이었으며, 맹자가 계승하고 발전시켰다.

대당大堂은 의문 안에 있고 5칸이다. 앞에는 넓은 노대가 있고, 양측에는 기夔(전설 속의 다리가 하나인 용과 비슷한 동물)와 용龍이 정교하게 조각된 돌난간이 있고, 동남쪽 모서리에는 해시계인 '일구日晷'를, 서남쪽 모퉁이에는 도량형 '가량嘉量'을 두었다. 대당의 정중앙 문머리에는 청나라 세종 옹정 3년 황제가 쓴 '칠편이구七篇貽矩'라는 편액이 걸려 있고, 처마 밑의 벽과 연결되지 않은 기둥 문 위에는 "옛것을 계승하고 미래를 개척하며 본받아 천년의 계책을 자손에 이어준다.繼往開來私淑千年承燕翼, 인에 머물고 의를 따라 이끌어 주니 백대가 선열을 존경한다.居仁由義淵源百代仰先烈"라는 거대한 대련이 걸려 있다. 대당 내에는 목제 난각暖閣이 설치되어 있고 책상에는 문방사우, 제비를 뽑는 첨통籤筒, 도장함을 배치해 두었다. 대당 좌우 양측에는 '숙정肅靜', '회피迴避', '세습한림원오경박사世襲翰林院五經博士', '아성봉사관亞聖奉祀官' 등의 편액이 진열돼 있고, 깃발, 징, 우산, 부채 등

아성전亞聖殿 맹자상

의 각종 의장 용품이 있다. 봉건 사회에서 맹부의 대당은 맹씨 가족의 가법을 훈계하는 장소로 성지聖旨를 읽고, 맹씨 가보와 가규를 반포하는 장소로 봉건 종법 제도의 축소판이다.

맹자 대당 뒤는 내택원으로 정방과 동서의 곁채가 전형적인 사합원四合院을 구성하고 있다. 내부에는 오래된 도미화荼蘼花, 오래된 석류나무와 호두나무가 있어 봄 여름에 그윽한 향기가 이곳을 감돌고 뒤이어 석류열매가 주렁주렁 달린다. 몇 그루의 파초와 박태기나무는 정방인 '세은당世恩堂'은 맹씨의 직계 자손이 거주하는 장소로, 당내의 명간明間(뜰 쪽으로 문이 달린 방)에는 명나라 청대 서예가 철보鐵保가 손수 쓴 큰 현판이 걸려 있다.

다섯 칸의 정당 안에는 고목 가구, 골동품 글씨와 그림, 시계와 사진 등의 물건들이 진열되어 참관하게 되어 있다. 세은당 뒷면의 사서루賜書樓, 연록루延祿樓 등의 고대 건물들이 있어 당시 황제의 훌륭한 글씨, 성지와 고봉誥封, 오래된 서적, 가보 문서, 글씨와 그림 등을 보관하고 있다. 이러한 것들은 맹자 사상이 전파된 것을 증명하는 유적들이며 앞으로도 계속 전해져

맹림孟林 맹자묘

오래도록 생생하게 후대에 남을 것이다.

　맹자림은 동북쪽 도시 교외의 사기산四基山 서쪽 기슭에 있으며 맹자와
그 후손의 묘지이다. 사기산은 이어진 4개의 산으로, 산 정상이 모두 가지
런하고 평탄하여 사람들이 "토대와 같다"고 하여 사기산으로 불린다. 사기
산의 지리적 환경은 매우 아름다워 남쪽으로는 부봉鳧峯을 마주하고 북쪽
으로는 태산을 받치며, 산이 첩첩이 겹쳐져 에워싸고 서로 맞물려 있다. 멀
리 수수洙水와 사수泗水가 있고, 가까이는 강봉崗峯의 맥이 이어져 있다.

　푸른 소나무와 측백나무가 하늘과 해를 가리고 꽃들이 요처럼 깔렸으며
고요하고 깊숙하다. 북송 시기, 조정에서 황금 30만을 하사하여 묘지의 사

당을 중축하고, 제답을 구매하여, 측백나무와 홰나무를 넓게 심었다. 청나라 강희康熙 시기에 맹자림의 제지와 묘지는 이미 약 380만m²에 달했다.

맹림은 장엄한 신도神道가 남북으로 통하여 향전享殿까지 이르니 전전후묘前殿後墓의 배치를 보인다. 향전은 5칸의 홑처마로 소박하며 제사 지낼 때 쓰인다. 맹자 묘지의 주위에는 푸른 나무가 그늘지고 방초가 무성하며 고요하고 그윽하다. 맹자 묘비 앞의 비석 잔해에는 '아성맹자묘'라는 글자가 희미하게 보여, 맹자의 명언이 문득 귓가에 들리는 듯하다.

> "재물과 지위에 현혹되지 않고, 가난하고 비천해도 뜻을 바꾸지 않으며 위세와 무력에도 굽히지 않는 자를 대장부라 한다. 하늘이 장차 어떤 사람에게 큰일을 맡기려 할 때는 반드시 먼저 그의 마음과 뜻을 괴롭게 하고 근육과 뼈를 깎는 고통을 주고 몸을 주리게 하고……"

태어날 때부터 아는 듯한, 입만 열면 나오는 명언들은 이천 년 동안 서서히 스며들어 중국인의 정신적 명맥이 되었다. '삼맹'으로의 여행은 마음의 여행으로, 천년을 뛰어넘어 맹자와 만나게 한다.

유학이 한동안의 침체를 겪은 후, 내실을 다져 늙은 나무에서 새로운 가지가 나듯이 새로운 활력을 맞이했다.

아성 맹자의 고향인 추성은 유학의 부흥이 자연스럽고 열렬하면서도 조용하게 찾아왔다. 이곳의 2000년에 달하는 유학의 발전과 오래된 문화적 전승은 현대인에게 회고하고 찾아갈 장소를 제공해준다. 이곳에서 오래된 빛을 접하면 흘러간 유가문화의 손짓을 보게 된다.

맹모전孟母殿

맹모전

<삼자경三字經> 중에 "옛날 맹자의 어머니는 아들이 공부하지 않자 베틀의 베를 끊었다."라고 맹자의 어머니가 아들을 가르친 행적이 정리되어 오늘날까지 전해져 여전히 계몽 경전으로 후대 사람들에게 읽혀지고 있다. '맹모교자孟母教子' 이야기는 중국인에게 자식 교육의 경전이 되었다.

추성의 맹모전은 계성전啟聖殿 뒤에 있고, 높게 지은 용도가 서로 통하는 맹자의 어머니를 모신 사당이다. 사당의 원래 이름은 '선헌부인전宣獻夫人殿'으로, 나중에 맹모전으로 바뀌었다. 전의 높이는 7.8m이고, 동서 가로 폭의 길이는 10.98m이며 남북의 세로 길이는 9.53m이다. 사당 내부에는 조각상이 없고, 정중앙에 위패를 모신 감실에는 나무 위패를 두었다. 위패에는 '추국단범선헌부인위패鄒國端範宣獻夫人之位'가 쓰여있다. 동쪽 벽의 감실에는 '맹자가 어머니를 위해 조각하고 같이 묻은 석상' 하나를 두었다.

사당의 서쪽에는 청 건륭 40년에 놓은 제비祭碑(제사 비석)가 세워져 있다. 후대 사람들은 맹모의 "자식교육을 위해 세 번 이사한 가르침은 오래도록 기억되고 있다. 자식의 뛰어남은 곧 어머니의 뛰어남이다."라고 칭찬한다. 오래된 측백나무가 울창하고 누각이 오래되어 시간이 이미 지나간 역사의 세월을 조각하여 오래된 이야기 하나를 들려주고 있다. 맹자의 어머니는 후대 사람들이 말하는 네 명의 현모 중의 한 사람으로 중국 어머니의 대표

맹모교자孟母教子 화상전畫像磚 탁편拓片

적인 인물이 되었다. 맹모교자 이야기는 가장 감동적인 형식으로 한 없이 큰 사랑을 설명하여 수많은 어머니들을 깨우치고 있다.

근래 들어, 맹모의 은혜에 감사하는 기념 의식이 추성에서 행해지고 있다. 2007년부터 시행되어 이미 9차례 '맹자고향(추성)중화모친문화절孟子故里(鄒城)中華母親文化節'을 거행했다. 매년 활동기간에 맹모와 맹자를 기념하는 축제를 거행하며 맹자의 우수한 전통문화를 알리는 데 뜻을 둔다. 맹자 사상의 의미와 '맹모교자' 문화의 저력을 깊이 발굴하여 특색을 지닌 맹자, 맹모 문화 브랜드를 만들어 지역 문화적 위상과 문명 정도를 높이고 경제적, 사회적 측면에서 각 사업의 전면적인 발전을 촉진하고 있다. 기세가 세찬 장엄한 제전에서 한 어머니의 자식을 향한 사심 없는 사랑은 천년을 뛰어넘어, 새로운 시대에 다시 한 번 사람들의 마음속에 들어와 세계를 감동하게 하고 있다.

맹모삼천, 단기지교는 한 시대의 아성을 길러냈고, 천고의 절창이 되었다. 맹자의 후손들은 가훈을 받들어 자녀 교육을 중시하여 대대로 계승하고 정리를 거쳐 '맹모교자경孟母教子經'이라는 이름을 붙였다.

天煌煌　地泱泱　母教子　大文章

하늘은 밝고 땅은 넓다.

어머니가 자식에게 가르쳐 문장이 크게 된다

善教子　順天時　得人和　享地利

자식을 잘 가르치며 하늘의 때에 따르고

사람들은 화목하며 땅의 이로움을 누린다

修其身　齊其家　治其國　平天下

자기 몸을 바르게 하고 가정을 돌보며

나라를 다스리고 천하를 평정한다

母齊家　先修身　兒女立　是大任

어머니는 가정을 돌보고 자신을 먼저

바르게 하고 자녀를 세우는 것이 큰 임무이다

子不教　母之過　子不立　母之惰

자식을 가르치지 않음은 어머니의

과오이고 자식이 서지 못함은 어머니의 나태함이다

教不當　母之錯　教不靈　母無能

가르침이 적절치 못한 것은 어머니의 잘못이고

교육이 효과가 없는 것은 어머니가 무능해서이다

一年計　在於春　教兒女　要抓緊

일 년의 계획은 봄에 세우고

자녀 교육은 때를 놓치지 말아야 한다

子年幼　母相伴　品與行　多濡染

자녀가 어릴 때 어머니가 함께해야 한다.

성품과 행동은 스며드는 것이 많다

百姓事　天下事　母與子　共知悉

백성의 일과 천하의 일을 어머니와 자녀가 모두 잘 알아야 한다

明擔當　親萬民　辨是非　知乾坤

책임을 지며 백성과 친하고 옳고 그름을 분별하며

천지 만물의 규칙을 알아야 한다

千里行　足下始　拘小節　重小事

천리 길은 발아래서 시작되니

사소한 일도 주의하고 작은 일도 중히 여겨야 한다

蟻穴堤　潰千里　古來訓　莫忘記

개미구멍이 제방을 천리까지 무너뜨리니

오래된 훈계를 잊지 말아야 한다

布衣暖　菜根香　讀詩書　滋味長

옷을 지어 따뜻하고 풀뿌리가 향긋하다

시경과 서경을 읽으니 즐거움이 오래 간다

讀一日　啓心智　讀一生　眞本事

하루를 읽어도 지혜가 열리고

일생을 읽으면 진정한 능력이 된다

聞雞舞　早讀書　惜時光　用功苦

닭 울음소리를 듣고 일찍부터 책을 읽으며

시간을 아끼고 힘써 배워라

今日事　今日畢　有良習　天自助

오늘의 일은 오늘에 끝내고

좋은 습관이 있으면 하늘이 돕는다

苟日新　日日新　求新知　換脑筋

진실로 매일 새로워지려면

매일 매일을 새롭게 해야 하고

새로운 지식을 얻으려면 사고방식을 고쳐라

讀活書　通經史　歷萬事　得眞知

살아있는 책을 읽고 경사에 정통하며

만사를 겪고 참된 지식을 얻는다

三人行　必有師　見賢哲　要思齊

세 사람이 가면 그중에 반드시 스승이 있으니

어질고 재능 있는 사람을 보면 본받으려 노력하라

讀一寸　行一尺　學萬物　自得師

조금 읽고 나면 한 척을 행해라

만물에 배우면 저절로 스승을 얻는다

行萬里　讀萬卷　廣見聞　存高遠

만 리를 가고 만 권의 책을 읽어

견문을 넓히고 높은 뜻을 품어라

身體健　是本錢　心胸闊　氣浩然

신체가 건강한 것은 밑천으로

마음이 넓으면 기세가 커진다

先讀書　後習藝　書若舟　藝如楫

먼저 책을 배우고 그 후에 기예를 배워라

책은 배와 같고 예술은 노와 같다

藝在手　飯一口　書在手　天下走

기술이 손에 있으면 밥을 먹고 살 수 있고

책이 손에 있으면 천하에서 다닌다

子厭學　勿打罵　效中醫　細觀察

자식이 배우기 싫어하면 때리거나 욕하지 말고

중의학으로 자세히 관찰한다

望聞問　切病因　方子好　除病根

보고, 듣고, 묻고, 맥을 짚어 보고,

처방전이 좋으면 병의 근원을 제거한다

子頂嘴　多有識　子不言　多善思

자녀가 말대꾸하면 자녀가 지식이 많아서이고,

자녀가 말이 적으면 생각하길 좋아한다

子平庸　多順從　子好奇　多鼓勵

자녀가 평범하면 순종적이고

자녀가 호기심이 많으면 더욱 격려한다

燕擇戶　人擇鄰　環境好　風水順

제비는 집을 택하고 사람은 이웃을 택한다.

환경이 좋으면 풍수가 순조롭다

學堂好　四鄰善　鄕風淳　金不換

학당이 좋으면 이웃이 선하고

향촌 풍습이 돈독하면 금을 줘도 안 바꾼다

家貧寒　子多立　富貴家　常敗子

가정이 가난하면 자녀가 독립적으로 되고

부귀한 집은 자식을 망치기 쉽다

窮勵志　貧養氣　貴生嬌　富多戾

가난은 뜻을 세우고 빈곤하면 기가 길러지고

귀하면 오만하고 부하면 괴팍하다

跌一跤　筋骨壯　蹲蹲苗　苗兒旺

한번 넘어지면 근육과 뼈가 튼튼해지고

땅을 다져주면 싹이 튼튼하게 자란다

能吃虧　是福音　逆風行　最煉人

손해 볼 줄 아는 것이 복이니

역풍에 무릅쓰고 나아가면 사람이 단련된다

愛子女　不護短　觀其行　聽其言

자녀를 사랑하면 단점을 감싸주지 말고

그 행위를 보고 그 말을 들어라

知其善　很平常　知其惡　大不易

그 선함을 알기는 매우 쉬우나

악함을 알기는 매우 어렵다

明人倫　重禮儀　孝父母　敬老師

인륜을 알고 예의를 중시하고

부모에 효도하고 스승을 존경한다

修仁德　守方圓　講廉恥　能愼獨

인덕을 수양하고 규율을 지키며

염치를 알고 홀로 있을 때도 바르게 한다

絲半縷　米一粒　勤四體　分五穀

실 반 타래, 쌀 하나

부지런히 일하여 오곡을 나눈다

講節用　惜字紙　尚農耕　慶有餘

절약하여 파지도 아끼고

농경을 존중하면 경사가 넘친다

近朱赤　近墨黑　疏小人　親君子

주홍빛을 가까이하면 붉어지고

먹을 가까이하면 검어지니

소인을 멀리하고 군자와 친하게 지내라

少結義　愼交友　遠損友　近諍友

무리를 짓지 말고 친구를 신중히 사귀며

나쁜 친구를 멀리하고

잘못을 충고해주는 친구를 가까이하라

愛吃喝　喜賭博　好打架　三大惡

먹고 마시기 좋아하고 도박을 좋아하고

싸우기 좋아하는 것이 세 가지 큰 악이다

山吃空　人鬥窮　家賭光　辱祖宗

놀기만 하면 많은 재산도 사라지고

싸우기 좋아하면 가난해진다.

가산을 도박으로 탕진하면 조상을 욕보이는 것이다

德不孤　必有鄰　效君子　做大人

덕이 있으면 외롭지 않으니 반드시 이웃이 있다.

군자를 본받아 대인이 되어라

禮爲門　義爲路　仁義家　萬世福

예로 문을 삼고 의로 길을 삼아라

인의한 가정은 만세에 복이다

一家仁　一國仁　一家讓　一國讓

한 가정이 어질면 한 나라가 어질고,

한 가정이 양보하면 한 나라가 양보한다

仁者壽　讓者賢　繼往聖　天地和

어진 사람은 장수하고

양보하는 사람은 현명하며

성인을 계승하면 천지가 평화롭다

家積財　子孫累　重家教　出貴人

집에 재물을 쌓으면 자손이 피곤하고,

가정 교육을 중시하면 귀인이 나온다

傳一經　家道興　教一生　享太平

경전 한 권을 전하면 가법이 흥하고,

평생을 가르치면 태평을 누린다

노황왕릉, 울적한 소년

노황왕릉魯荒王陵은 주원장朱元璋의 열번째 아들의 묘로, 전형적인 명대 왕릉이다. 이 왕릉은 풍수적 명당을 택해 해와 달과 별빛을 모두 받고 규모가 성대하며 황실의 위엄까지 갖췄다. 여행객은 이곳에 이르러 웅장한 건축물과 아름다운 자연환경을 참관하는 것 외에, 신비한 지하 궁전에 들어가 황당노왕묘荒唐魯王墓에 깊이 묻힌 비밀을 찾아볼 수도 있다.

이십사사二十四史 문헌에 따르면, 제왕과 재상, 지방유지와 농민, 행상인과 심부름꾼 등 각색의 사람들이 이야기가 상세하게 기록되어 있다. 모든 사람에게는 모두 그만의 사정이 있다. 인생의 기복이 오르락내리락 나타났다가 사라지며 어떤 사람은 온 천하에 존경과 사랑을 받고 어떤 사람은 더러운 이름을 천추에 남겨 많은 사람의 손가락질을 받는다. 역사 이야기를 하다보다 보니, 마음에 한 가지 의문이 든다. 왕후장상의 쇠락은 시간이 얼마나 걸릴까? 600여 년 전의 한 소년이 답안을 내놨다.

소년은 19살의 약관의 나이도 안 된 어린 소년이었다. 그의 생명은 영원히 19세로 고정되었다. 그의 이름은 주단朱檀이고, 번왕藩王이었다. 개국 황제의 10번째 아들이었지만 장렬하고 잔인한 전쟁의 세월을 전혀 겪지는 않았다. 태어난지 49일 만에 그는 노왕魯王으로 봉해졌고 영지封地는 연주부兗州府였다.

당시 주단이 아직 포대기 속에 있었으므로 관원이 그를 안은 채 그의 아버지인 황제에게 사은례謝恩禮(임금에게 예를 올리는 행사)를 행할 수 밖에 없었다. 그는 자라면서 용모가 뛰어나고 총명했다. 시서를 두루 읽어 육예(중국식 6개 교육과목)를 겸비했고 한 번 보면 잊어버리지 않아 눈앞에 본 것이든 기억속에 본 것이든 모두 완벽하게 기억했다. 부황父皇은 종종 그를 독대하여 아직 어린 티를 못 벗은 아이와 함께 국사를 논하기도 했다.

15살 되던해, 그는 수도를 떠나 자신의 영지인 연주부로 내려가 영지를 다스렸다. 영주의 모습은 화려해 보이나 실제로는 친구하나 없던 고독했던 생활이 시작된 것이다. 그의 아버지 주원장은 수도를 그리워할 아들을 특별히 편애하여 노왕부의 관저를 황궁 건축 양식의 축소판으로 짓게 했다. 그로인해 소년 주단의 생활은 사치스럽고 화려했다. 출입 시에는 겉치레를 중시해 출행 의장대만 430여 인에 달하고 앞에서 소리쳐 선도하고 뒤에서 옹위

노황왕릉魯荒王陵

하여 그 위풍당당함이 황제의 순행과 비교해도 조금의 손색이 없었다.

　<연주기兗州志>의 기록에 의하면 "주단은 문예를 지닌 선비를 좋아하고 시부를 잘 지었으며 도교를 신봉하였다."라고 전해진다. 한가할 때는 문인과 고아한 선비들을 불러 시를 읊고 부를 지으며 금을 타고 유학과 도를 논하며 외로움을 해소했다. 그는 정취가 고상하고 사회 교제가 복잡하며 취미가 다양해 많은 문객을 두기도 했다.

　그러나 그는 점차 형식상의 웅장함과 화려함에 질려갔고, 들러붙는 아첨꾼들과 정세와 상반되는 토론이 그의 정신을 더욱 공허하게 만들었다. 재기가 가득하고 재능이 넘치는 소년은 조금씩 우울해지고 몽롱해져 갔다.

　그러던차 어떤 술사가 찾아와 열 몇 살의 소년을 알현하고자 하였다. 소년의 눈앞에 나타난 술사가 외치는 언변은 정신을 번쩍 들게 했다. 주단은 도교를 신봉하기 시작했다. 술사와 그의 제자들은 계속 주단에게 이단과

노황왕릉 조감도

그릇된 학설을 주입했다. 그의 마음은 이미 도교로 귀의하였다. 장생불로하기 위해, 그는 종일 향을 피우고 경을 읽었고 '선단仙丹(신선이 만든다고 하는 장생불사의 영약)'을 제련했다.

결과적으로 금석약(중금속)을 먹어, 독이 눈을 상하게 되어 18세에 두 눈을 실명하고 말았다. 끝내 중독이 너무 심해져 병을 고치기 어렵게 되어 홍무洪武 22년에 훙거薨去(임금이나 귀인貴人의 죽음을 높여 이르는 말)했으니, 나이가 고작 19세였다. 아들이 죽었다는 소식을 듣고 주원장은 슬피 울었다. 그도 이미 살아갈 날이 얼마 남지 않아 노년에 아들을 잃은 슬픔은 매우 컸다. 주원장은 하늘을 보며 "황당荒唐하다! 황당하기 이를 데 없다!"라며 연이어 한탄하여 '황왕荒王'이라는 시호를 내렸다. 그를 매장한 능묘는 이로써 노황왕릉魯荒王陵이라는 이름을 얻었다.

너무 일찍 죽어 아직 무엇을 남기기도 전에 삶의 막을 내렸으니, 후세에 전해지는 노황왕릉이 당시의 역사와 소년 왕을 증거하는 유일한 유적이다.

114

노황왕릉은 지금으로부터 600여 년의 역사를 가지고 있고, 푸른 측백나무가 서로 어울어지고 오래된 나무가 하늘을 찌르며 참새들이 나무에 깃들은 고요하고 평온한 풍경이다. 어린나이에 승하한 왕릉 답지 않게 이 왕릉은 중후하고 숙연하게 보인다. 도로 양측의 대지 위에 굵은 솔방울이 많이 쌓여 힘주어 밟으니 푹신하고 바스락거리는 소리가 난다.

중국의 수많은 황릉과 비교할 때 노황왕릉은 규모가 그리 크지는 않으나 전형적인 북방 황릉 스타일에 속하고 보존이 비교적 온전하다. 노황왕릉은 북쪽으로 구룡산九龍山에 기대고, 남쪽으로 주산朱山과 멀리 마주 보며, 동서로 와호산臥虎山과 옥황산玉皇山이 호위하고, 능 앞에는 '백마白馬'의 두 샘이 솟아나 백마하白馬河의 발원지가 되니, 완전하게 중국 전통의 '풍수학'에 따라 '전주작前朱雀, 후현무後宣武, 좌청룡左青龍, 우백호右白虎'의 사신 방위의 터를 골라 세웠다. 능의 전체 구역이 위에서 내려다보이고 남향으로 물가에 인접하고 바람을 감추어 기운을 모으며 푸른 빛이 하늘에 닿아 황실의 기상이 넘친다. 능의 구역은 능원과 지궁地宮 두 부분으로 나뉘며, 지면 건축물은 어교御橋, 능문陵門, 능은문陵恩門, 향전享殿 유적, 명루明樓(제왕 능묘의 제일 높은 건물) 등이 있어 3진 원락을 형성한다. 지궁은 명루로 둘러싸여 있으며, 이 왕릉의 주인은 바로 이곳에 묻혔다.

이곳은 유백온劉伯溫이 노나라왕 주단을 위해 선정한 풍수 명당으로 그를 비호해 장생불로하게 하지 못했지만, 그의 자손을 보호하여 대대로 이어지게 했다. 주단이 죽은 후 그의 아들 주조휘朱肇輝가 세습하여 노왕으로 봉해졌고, 명나라가 끝날 때까지 노왕은 총 10대 13왕에게 전해져 역대 300년에 달하여 명대 친왕 중 자손이 가장 오래 이어진 일파이다. 노왕 중에 어진 왕이 가장 많았고 왕위를 계승된 시간이 가장 길어 노황왕릉은 '명대친왕제일릉明代親王第一陵'으로 불린다.

꿈결 같은 맹자림

맹자림은 중국에서도 유일한 숲일 것이다. 3,000여 그루의 서로 다른 풍격과 독특한 자태의 측백나무가 약 60만m²의 들판에서 약 10세기를 쭉 살아왔다. 이것이 바로 추성 사기산 서쪽 언덕에 위치한 산동성 문물 보호 단위인 맹자림이다.

맹자림은 새하얀 눈과 푸르른 측백나무가 부드러운 아침 햇살을 비추고 어린아이 같은 순수함으로 눈 이불을 끌어안고 잠들어 있다. 고요하면서 생동감이 있고, 수수하지만 더욱더 새로운 맹자림은 이렇게 우리의 눈앞에 보여진다. 신선한 공기와 따뜻한 기운이 기쁨과 감동을 선사하는 느낌이다. 우리는 하얀 편지지 같은 숲속 길을 따라 깊은 곳으로 들어갔다.

맹자림은 비록 공림孔林(공자림) 면적의 삼 분의 일도 안되고, 공림의 비석과 수목의 다양함도 없지만, 천연의 상서로움과 화목함, 소박함, 순수함과 자신감이 느껴진다. 공림은 세도가들이 서로 방문하려던 귀족적인 느낌이 있다면, 맹자림은 초야와 평민의 기운을 갖고 있다. 이러한 차이는 아마도 공자, 맹자 때부터 시작되었을 것이다.

공자는 "군주는 군주답고 신하는 신하답고 아비는 아비답고 자식이 자식 같아야 한다"는 '정명正名'설을 주장했다면, 맹자는 "백성이 귀하고, 사직이 그 다음이며, 군주 가볍다"라는 '민귀군경民貴君輕'론을 주장했다.

　사당 사이에 높고 곧은 측백나무는 없을지라도 3,000여 그루의 오래된 측
백나무는 모두 크고 다부지다. 뿌리가 반쯤 드러내고도 산의 흙을 꼭 움켜
쥐어 더 깊이, 구불구불 흙 속에 파고들어 조금씩 조금씩 생장을 위한 힘과
영양분을 얻어 낸다.

　토지의 척박함과 비바람의 시련이 땅의 측백나무 가지를 지면에서 떨어
지게하여 가지와 잎을 사방으로 뻗게 했는지, 아니면 발밑의 땅을 너무 사
랑해서 지면을 떠나자마자 급하게 팔을 뻗어 끌어 앉고, 머리를 들어 서로

맹자림

입을 맞추게 한 것인지? 이치를 알수 없는 물음에 나는 후자를 믿고싶다.

생명이 온갖 세상일을 겪으면서 마음속에는 분명 고통도 많을 것인데도 그들은 오히려 손에 손을 잡고 거대한 푸른 우산을 만들어 품속의 땅을 위해 바람과 비를 막아준다. 눈을 밟으며 산을 오르면 계속 측백나무의 그루터기를 발견하게 된다. 이곳은 오래된 측백나무가 베어진 흔적이라고 우리에게 알려주는듯 하다. 머리도 몸도 없어졌지만 뿌리는 아직도 10세기 가까이 운명을 같이한 산의 돌과 그 아래의 흙을 단단하게 쥐고 있고, 그루터

기도 눈을 크게 뜨고 마치 세상 사람들에게 도리 하나를 하소연하는 듯하다. 이렇게 의리가 있는 측백나무들은 자기가 힘들더라도 자기가 사랑하는 대지에게 기쁨을 주고 싶어한다. 고난은 크게 성장시키고, 바다 같이 큰 고난을 통해 그릇이 넓어지고, 인내가 깊어지며, 심지어는 진정한 행복조차도 고난 중에 자라난다. 10세기 가까이 비바람과 고난을 겪은 측백나무는 가지마다 이파리마다, 심지어 땅에 떨어진 씨앗까지도 모두 사람의 마음을 끌어당기는 그윽한 향기를 머금고 있는 것도 당연하다. 이런 오래된 측백나무들을 바라보면서 나는 홀연히 깨달았다. 묘당 사이의 높고 우뚝한 것을 초야의 영구한 강대함과 어찌 비교할 수 있겠는가?

오래된 측백나무의 그림자를 따라 사기산 정상에 올랐다. 주위를 둘러보니, 맹자림이 한 편의 푸른 꿈처럼 낭만적이면서도 선명하게 은백색의 세계 속에 새겨져 있다. 궁벽한 곳에 있는 것이 얻기 힘든 장점이라 말하지 않을 수 없다. 이렇게 외진 곳에 있기 때문에 소음과 오염의 영향을 적게 받아 푸르른 꿈은 더욱 생동감을 얻고 영원히 존속하게 된다.

보리심서 - 사산마애석각

마애석각은 불경을 돌에 새겨 천년의 여음과 풍모까지 새겨넣었다. 긴 세월이 지났음에도 새롭다. 셰익스피어는 질박한 것이 교묘한 말보다 더 마음을 감동하게 한다고 말했다. 신앙의 글을 돌에 새겨 넣어 천년의 문명이 상전벽해(몰라볼 정도로 세상이 달라짐)의 변화를 겪고도 썩지 않고 전해지게 한 큰 뜻이 바로 이런 것이다. 추성의 사산 마애각경은 중국 마애각경 중에서도 중요하다. 사산 마애석각은 추성의 철산鐵山, 강산崗山, 갈산葛山의 마애석각을 가리킨다.

추성 사산 마애석각이 생긴 년대는 북제 무평 6년(575년)에서 북주 대상 2년(580년)으로, 지금으로부터 1400여 년의 거리가 있다. 당시의 불교는 이미 중국에서 성행했고, 사원과 출가한 승려와 비구니의 증가는 당시 사회와 정치, 경제에 어느 정도 영향을 주었다. 이 시기의 통치자는 불교의 발전에 타격을 주고 억압하는 일련

마애각경 탁편

120

의 조처를 하여, 위魏나라의 태무제太武帝, 주무제周武帝는 앞뒤로 불교를 탄압했는데, 역사는 이를 '위무법난魏武法難'과 '주무법난周武法難'으로 부른다. 사원을 부수고, 불경을 불태우는 상황에서 당시의 불교 신도들은 불경을 보존하고 불법을 수호하기 위해 각지에 석굴을 파고 경문을 새겨, 불교 석각 탄생의 절정기를 이뤘다. 추성의 사산마애석각은 이러한 사회 배경에서 탄생했고, 많은 불교 신도의 지혜와 피땀, 역사의 보존과 망각 아래, 산속 암석에 몸을 숨겨 영생을 얻었다.

사산 마애석각은 매우 큰 역사의 고증과 불교 연구 가치 외에도 예진서예예술隸真書法藝術은 더욱 독특한 예술적 매력을 드러내 후대 사람들을 심취하게 한다. 거친 암석 위에 새긴 불경들은 모든 획마다 단단하고 힘이 있으며, 얼룩덜룩한 흔적을 갖고 있어 중후한 아름다움이 있다. 전체적인 모습은 넓고 크며 기세가 높다. 불경 서예는 예서를 위주로 하고 해서의 필법을 더하여 웅장하고 험준하며 폭이 넓고 여백이 많아 중국 서예 역사상의 흔치 않은 예술 진품이다. 청대의 캉유웨이康有爲는 "모두 혼목渾穆하고 간정簡靜하며, 예서의 요소가 많고 매우 뛰어나다."라고 평했다.

긴 세월을 지나 다시 고개를 돌려 오래되고 영험한 힘이 가득한 마애석각 앞을 거닐면 속세의 소란스러움에 익숙한 마음이 문득 평온해지고, 아득한 세상에서 정신이 머물 곳을 되찾은 듯하다. 불교에서의 영원과 순간, 소위 윤회하여 쉼이 없는 것, 시간의 유전이 모두 이 숲속에 담겨 이 보리심경이 다시 새로운 생명력을 뿜어내게 한다.

사산 마애석각 중, 철산마애각경鐵山摩崖刻經이 가장 중요하게 여겨진다. 철산은 추성의 북쪽 철산공원 안에 있다. 철산의 옛 이름은 전강산前岡山으로, 해발 146m이며, 화강암질이다. 철산마애각경은 철산의 남쪽에 위치한다. 경을 새긴 암석 면 왼쪽 윗부분에는 움푹하게 팬 곳이 있는데, 전설에

前代大德家密邑主童珍陁

文殊師利白佛言世尊何⋯
波羅蜜佛言般若波羅蜜无邊
无名无相非思量无歸依无洲
犯无福无晦无明如去果无
亦无限嚴是名无限
薩摩訶薩行何以故无念无
一來名非行⋯

철산각경鐵山刻經

의하면 도가의 철괴리鐵枴李가 이곳에서 도를 전했는데, 철산의 중턱을 발로 차 크고 깊은 발자국을 남겼다고 하여 철산이란 이름을 얻었다.

철산각경은 한 덩어리의 화강암으로 남향이며 석면의 기울기는 45도이고 새긴 면은 평평하며 윗부분은 조금 가파르다. 경을 새긴 석면은 남북으로 66.1m 길이이고, 동서로 폭은 16.4m이며 총면적은 1085㎡이다. 각경의 정면 윗부분에는 큰 용과 구름, 불광의 무늬가 음각되어 있고, 중간에는 큰 글자로 '대집경大集經'을 새겨 넣었다. 하단에는 두 마리 거북이가 마주 보고 웅크린 무늬가 있다. 각경은 '거북이 비석 받침대와 이무기 머리龜趺螭首'의 거대한 비석이다. 비록 새긴 내용은 불경이지만, 표현된 형식은 한족 전통의 비각 양식을 따라 중국과 외래문화, 불교와 한족의 문화를 융합하여 남북조 시기 민족 문화 교류를 구체적으로 보여준다.

철산마애각경은 세 부분으로 구성되었다. 처음은 경문 부분으로 17행이고, 각 행은 최대 61자, 최소 6자이고, 글자의 넓이는 50~70cm로, 전체 경문은 900여 자로, 풍화 침식 때문에 현재는 795자가 전해진다. 각경의 내용

마애각경摩崖刻經

은 <대집경大集經>에서 왔다. <대집경>의 원래 이름은 <대방등대집경
大方等大集經>이다. 이 경전의 의미는 대승大乘 법의를 널리 설파하고 중
관실상中觀實相을 주지로 삼으며, 집중적으로 많은 대승수행 법문을 강조
하여 설명했고, 반야성공般若性空 사상이 전체를 꿰뚫으며, 불법을 강설하
면서도 여러 이야기와 인연을 서술하였다. 그래서 이 경은 대승방광부경大
乘方广部經의 총집합이라 칭할 수 있다.

철산각경은 <대집경大集經·해혜보제품海慧菩提品> 제5(4권), 부처가 해
혜 등의 보살에게 정인삼매淨印三昧, 즉 발보리심菩提心, 대비안인大悲安忍,
6도六度(범어 바라밀다, 피안에 이르는 6가지 방법)를 두루 갖출 것을 널리 설파한
것이다.

다음으로는 발보리심, 마음을 고요하게 할 것을 설파했다. 또 그다음으

로는 삼매三昧의 근본인 십정삼십법十淨三十法, 팔불공법八不共法 등을 설파했고, 더 나아가 일법, 이법, 삼법, 사법 및 문구門句, 법구法句, 금강구金剛句 등의 뜻을 설명했다. 철산마애각경鐵山摩崖刻經의 제2부분은 석송石松으로 경문 왼쪽에 있고, 경문에 광철匡喆의 제명題名이 있어 <광철각경송匡喆刻經頌>으로도 불린다. 송문頌文 상부에는 전서로 쓰인 대자 '석송石頌'이 있고, 아래에는 12행의 송문이 있어 각 행은 43~52자이며 글자의 넓이는 22cm이다. 원래는 614자 였으나, 지금은 437자 만 남아 있다.

내용은 철산각경의 지리적 위치와 시대적 배경, 경전을 새긴 연월 및 서에 예술에 대한 평가를 기술했고, 송문에서는 경을 쓴 승려 안도일安道一에 대해 높게 평가하였다.

"고결함은 왕희지와 위탄를 능가하고 절묘함은 장지와 종요보다 나으며, 용이 안개에 서린 듯하고 봉황이 하늘로 솟구치는 듯하다.精跨羲誕, 妙越英繇, 如龍蟠霧, 似風騰霄"라는 찬사를 보냈다. 희羲는 진나라의 왕희지王羲之를 가리키고, 탄誕은 위나라의 위탄韋誕, 영은 위나라의 종요鍾繇로 모두 서예의 대가이다. 경주經主 광철은 한나라 승상 광형지匡衡之의 후예로 역사는 그가 "덕이 빼어나고, 자태가 늠름하다."라고 기록하고 있으며, 재능이 뛰어나고 추성에서 영향력 있는 명문가문으로 그가 같은 동네 사람인 이도李桃와 같이 자산을 내놓아 고승을 청하여 각경의 일을 주관했다. 제3부분은 제명으로 경문의 정면 아래쪽에 위치했으며, 원래는 10행의 글이 있었으나 현재 6행이 남았고, 현존하는 각면은 길이 3.25m, 넓이 3.4m로 글자의 넓이는 19~30cm이며, 45자가 전해진다. 내용은 경주 및 불경을 쓴 사람의 이름을 기재했고, 제6행에는 '동령승 안도일이 경을 쓰다.東嶺僧安道一署經'라고 쓰여 있다.

노나라의 여음餘音
- 무형문화유산의 이채로움

추성은 인자仁者의 고향이자 시와 그림의 고장이다. 심오한 문화 유전자가 이채로운 무형문화 유산을 낳아 공자의 고향이 가진 향토색에 짙은 바탕색을 덧칠했다.

평파고취악

평파고취악平派鼓吹樂은 전통 태평소 연주 기교의 기초에서 변화·발전시킨 것으로, 명나라 때 산서성 사람들이 추성에 들여온 것으로 유가 문화와 지방 풍속의 영향 아래 평파고취악의 기본적인 특징을 형성했다.

민국民國 시기에 이미 손가반孫家班, 장가반張家班, 정가반丁家班, 주가반周家班 등 몇십 개의 고취악 악반樂班이 노땅 남쪽과 주변 지역에서 활약했다.

평파고취악의 대표 곡목은 <집현빈集賢賓>, <십양경十樣景>, <조천자朝天子>, <경하령慶賀令>, <도개문倒開門>, <곡오경哭五更>, <조수요춘鳥獸鬧春>등으로 백 수에 가까운 작품이 있다. 연주 스타일로 말하자면, 평파고취악은 평화롭고 부드러우며 구성지고 섬세하다. 평화로운 가운데 기이하고, 은근한 가운데 변화가 많으며, 강하고 부드러움을 모두 갖추

추성 평파고취악平派鼓吹樂

있어 사람들의 사랑을 받고 있다.

평파고취악의 주요한 대표 인물은 이미 고인이 된 손옥수孫玉秀로 1992
년 중국 문화부에서 주관한 태평소 초청 대회에서 '민간 태평소 연주가'라
는 칭호를 수여 받았고, 현재 2명의 대표적인 계승자가 있다. 2008년 6월
추성 평파고취악은 1차 국가급 무형문화재 명단에 올랐고, 개혁개방 30주
년 제1회 전국 농민예술회연(소주蘇州)에서 영광스러운 '은 이삭 상'을 수
상했다.

음양판

음양판陰陽板은 일종의 비를 바라는 춤으로 민간 제사이며 추성시 동부
산 쪽에서 전해진다. 전해지는 바에 의하면 고대 어느 해에 추성에 큰 가뭄
이 들어 사람과 가축이 모두 마실 물이 없었다. 우연히 팔선(중국 고대 신화의
여덟 명의 신선)이 이곳에 놀러 왔다가 백성들의 생활이 어려운 것을 보고 측
은한 마음이 들었다. 조국구曹國舅(팔선 중 하나)가 명령하여 산에 신선 장막

음양판陰陽板

을 세우고, 버드나무 한 그루를 쪼개 두 청년이 한쪽씩 잡고 맨발과 상의를 탈의한 채로 왔다 갔다 서로 공격하게 하고, 또 백성들에게 버드나무 가지를 들고 하늘을 향해 휘두르도록 분부했다. 그러자 큰비가 쏟아져 땅을 적시고 만물이 살아났다. 신선에게 감사하기 위해 백성들은 그 모습을 모방하여 흥겹게 노래하고 춤을 췄고, 점차 선명한 지방 특색을 가진 민간 무용인 음양판으로 발전했다.

고대 음양판은 주로 기우제를 지낼 때 사용되었으며 강신례, 기우, 축문, 송신送神, 과관誇官 등의 내용을 담고 있다. 현대 음양판 공연은 주로 무용 부분을 남겨 두었다. 음양판 공연은 동작이 크고 거칠고 힘차면서도 섬세하고 민첩한 면도 갖고 있다. 공연할 때 배우들은 두 손에 판을 들고 두드리고 비비며 두 가지 다른 소리를 내는데 그것을 '음양성陰陽聲'이라 하며, 그 사이에 잡다한 동작과 남녀가 희롱하는 동작을 섞어 공연하여 분위기를 띄운다. 추성시 강산가도鋼山街道 뒤의 팔리촌八里村은 현재 음양판 전통 기지로 추성의 문화 중 하나이다.

태평진

태평진太平鎮은 불호랑이 공연으로 독특하면서도 지방 특색을 가진 전통 민간춤이다. 불호랑이 공연은 주로 매년 음력 2월 2일에 공연하며 백성들은 이 공연을 통해 귀신을 쫓아내고 평안을 기원하며 명절 분위기를 띄운다. 날이 저문 후 관중은 손에 붉은 등을 들고 기다리다 북소리가 울리면 십여 명이 둘러싸 호랑이에 맞서는 사람과 호랑이를 때리는 사람의 몸에 불꽃 막대기에 불을 붙인다. 호랑이를 때리는 사람이 먼저 손에 불 몽둥이를 들고 등장하며 위력과 무예가 웅장하고 위풍당당하다. 바로 뒤이어 불호랑이가 튀어나온다. 폭죽이 일제히 터지고 나팔과 북이 합주하며 사람과 호랑이가 팽팽하게 맞서 싸운다. 서로를 환히 비추고 불꽃이 번뜩이며 빛줄기가 교차된다. 불호랑이가 뛰어 올라 공격하면 불똥이 사방으로 튀고 빠르게 진격하면 불빛을 별똥별같이 흩뿌린다. 호랑이를 때리는 사람이 춤을 추면 손에 쥔 몽둥이는 한 마리 불붙은 용이 되고, 호통치고 움직이며 불호랑이와 뒤얽혀 싸운다. 배우는 무술 실력과 무용 기교를 겸비하여 공연할 때 무술을 하는 듯 춤을 추는 듯, 구분하기 어려운 기이한 효과를 연출하여 관중들의 혼을 쏙 빼놓아 감탄하는 소리가 여기저기서 들린다. 전체적인 장면이 열렬하고 폭발적이며 용맹이 넘쳐 장관을 이룬다.

나이 많은 예술인 조무서周茂緖의 회상에 의하면 불호랑이는 평양사촌平陽寺村의 주씨 가문이 보통의 사자춤 공연을 개조하여 만들어낸 것이라고 한다. 불 호랑이 공연은 사자춤 공연의 기초 위에, 화염으로 사나운 호랑이를 장식하여 더욱더 무섭고 눈부시게 만들고, 춤 동작은 부드러우면서도 용맹하여 아름답고 강건하고 힘차 호탕하고 당당한 예술적 효과가 있다.

역산도악

역산도악嶧山道樂은 역산의 도교 음악으로 도교 문화의 일부분이다.

중국 산동 지역은 예로부터 도교의 주요한 활동 지역 중 하나로, 도교 문화의 주요 분포지역이자 영향을 많이 받은 지역이다. 산동 경내에는 현재까지 여전히 도교와 관련된 중요한 문화 고적이 많이 남아있다. 그중에 추성시 경내의 역산이 바로 도교 문화의 세례를 받은 역사 문화 명산으로 노자老子 이이李耳, 도가의 원로 팽조彭祖가 모두 역산에 와서 도를 깨우치고 수련을 했다고 전해지며 그로 인해 도교 문화가 이곳에서 뿌리가 내리고 싹을 피었다. 오늘날까지 책에 수집된 도악 작품은 약 30여 수의 곡패가 있고, 20여 수의 경가經歌가 있으며 그 중의 대표적 작품으로는 <채차가採茶

불호랑이火虎

상채죽마尚寨竹馬

歌>, <소개문小開門>, <집현빈集賢賓>, <만년환萬年歡>, <영선객迎仙客>, <분화찬焚花贊>등이 있다. 도악은 도교 문화의 중요한 구성 부분으로, 그 자체는 여러 종류의 음악 문화를 집대성한 것으로 매우 높은 예술적 가치를 지니고 있으며, 도악은 여러 종류의 문화 정보가 기재되어 도교 문화를 연구하는 데 중요한 참고 자료를 제공하고 있다.

반도정

반도정扳倒井 전설은 추성시의 전황진田黃鎭 송산두촌宋山頭村에서 전해진다. 춘추시기에 공자의 아버지 숙량흘叔梁紇은 안징재顔徵在를 부인으로 맞은 얼마후 집을 떠났다. 안씨는 임신을 하여 친정으로 가서 살았다. 당시의 풍속에 따르면 출가한 딸은 친정에서 아이를 낳을 수 없었다. 그래서 안씨는 안모산顔母山과 니산尼山 사이의 동굴에서 공자를 낳아야 했고, 이름을 구丘로 지었는데 이 동굴이 바로 '부자동婦子洞'이다. 이 모자는 산속

132

의 동굴에서 서로 굳게 의지하며 살아갔다. 이듬해 여름 안씨가 공자를 안고 안모산을 거쳐 친정에 돌아가려고 하는데 날씨가 너무 더워 나무 그늘에 앉아 잠시 쉬었다. 덥고 목이 말라 마실 물을 찾다가 한 우물을 발견했다. 우물이 그리 깊지는 않았지만 우물가에 엎드려 손을 뻗어 물을 뜨기에는 역부족이었다. 그래서 안씨는 우물 둔덕에 무릎을 꿇고 손으로 우물가의 돌을 집고 서산을 향해 기도했다. "만약 우물이 기울어져서 물이 우물에서 흘러나오게 하여 우리 모자가 더위를 식히고 갈증을 풀게 해주시면 반드시 상제님께 감사드리겠나이다." 말을 마치기 무섭게 우물 입구가 천천히 기울어지더니 곧이어 우물에서 물이 흘러나왔다. 안씨는 미칠 듯이 기뻐서 아들을 데리고 실컷 마시니 물이 비할 데 없이 달아 심신이 바로 상쾌해지는 것을 느꼈다. 안씨 모자가 떠난 후, 나중에 목동이 이 우물에 물을 길러 와서 우물을 보고 매우 놀랐다. 우물 물이 저절로 흘러나오고 계속 흘렀으니 말이다. 그래서 사람들은 이 우물을 '반도정(쓰러진 우물)'이라고 불렀다. 공자의 후손들은 이곳을 '성스러운 우물聖井'로 고쳐 불렀다.

상채죽마

상채죽마尚寨竹馬는 추성시 상채촌에서 유래되었다. 상채죽마는 노황왕릉과 밀접한 관계가 있다. 노황왕릉은 상채촌 구룡산에 있으며 명 태조 주원장의 아들 주단朱檀이 안장되어 있는 곳이다. 주단이 죽은 후, 조정은 군사를 파견해 능을 지키게 했는데, 능을 지키는 사병들은 매일 군대를 배치하고 진을 치는 훈련을 했다. 상채촌의 선조들이 현지의 민간 예술을 빌리고 능지기 사병들의 진을 치는 훈련의 형식을 본 따, 수 백 년의 변화 발전을 거쳐 오늘날의 상채죽마가 만들어졌다.

상채죽마의 배역은 '병兵', '졸卒', '장將', '수帥'가 있다. 대오를 두 무리로 나뉘어 순서대로 들어가고 나가며 종횡으로 말을 타고 누비고 북을 치고 나팔을 일제히 불어 활기차면서 긴장감이 느껴진다.

공연 중의 반주 악기 첨자호尖子號는 말의 울음소리와 전쟁의 돌격 소리를 흉내 낼 수 있어 격렬한 전장의 분위기가 더욱 부각된다.

상채죽마는 총 12진으로 나뉘며, 순서대로 위성진圍城陣, 사각합위진四角合圍陣, 매화진梅花陣, 합병회사진合兵會師陣, 병분삼로진兵分三路陣, 공심진攻心陣, 도심진掏心陣, 삼재진三才陣, 탐영진探營陣, 천심진穿心陣, 삼어진三魚陣, 미혼진迷魂陣이다. 공연은 두꺼운 관중 층이 있다. 상채촌의 위로는 일흔에서 여든을 넘긴 노인, 아래로는 열 몇 살의 아이까지 모두 죽마 공연을 좋아한다.

상채죽마는 민간 유희인 '포죽마跑竹馬'에 명나라 황실의 예절과 의식을 반영하여, 예절 의식과 민속 예술의 역사적 풍습을 담고 있다. 공연 속에 명대 능지기 사병의 진 훈련이 민간 무용에 녹아들어 고대의 군사 문화와 오래된 무용 문화가 결합하여 서로 의존하고 합쳐져 더욱 빛나게 된 것이다. 상채죽마는 탄생과 변화, 전승의 역사적 과정에서 줄곧 현지 사람들의 마음속 바람과 정신세계를 표현해왔고, 공자와 맹자의 고향이 가진 농후한 민속적 풍습을 담고 있어 공맹 사상의 문화적 자손임을 충분히 드러낸다.

곤마성친

곤마성친滾磨成亲은 이야기가 전설에서 유래되는데 맷돌을 굴려 결혼한 이야기이다. 주로 추성시 부산과 주변 지역에서 전래되었다.

전설에 의하면 아득한 옛날 대 재난이 지난 후 사람의 인적이 끊겼으나, 복희女媧와 여와女媧 남매가 다행히도 재난을 피해 살아남았다. 망망대해가 남매를 동서의 두 부산鳧山 위에 떨어뜨려 놓았다. 어느 날 밤 남매는 같은 꿈을 꾸었다. 천신이 나타나 남매가 서로 결혼하여 인류를 다시 번영하게 하라는 것이었다. 천신은 자신의 말을 믿지 못하겠다면 남매가 동서 양쪽의 부산 위에 올라 각자 맷돌을 굴려, 만약 두 맷돌이 하나로 합쳐지면 결혼을 허락한다고 증명하는 꿈이었다. 그들은 꿈속에서 본 대로 맷돌을 굴렸는데 과연 두 맷돌이 빈틈없이 합쳐졌고, 그래서 그들은 결혼하여 10남 10녀를 낳았다. 인류의 인구를 빠르게 확장시키기 위해 그들은 진흙으로 사람을 빚었고 그로부터 인구가 점차 늘어나게 되었다.

복희와 여와는 죽은 후 동부산東鳧山 서쪽 기슭에 묻혔다. 그들에게 제사를 지내기 위해 사람들은 복황묘羲皇廟를 세웠는데, 사당 안에 비석이 숲처럼 빼곡하고, 오래된 측백나무가 하늘을 가렸다. 매년 음력 3월 3일과 10월 1일에 성대한 묘회廟會를 거행한다.

맷돌을 굴려 결혼한 전설은 중국 민족의 수많은 원시 기억을 담고 있는 역사, 문화, 인류학의 살아있는 화석이자, 민간의 오래된 인류기원설이다.

제4장

추성
그 찬란한 별들

맹모삼천비孟母三遷碑

어머니의 마음을
깊이 새기다

맹자의 어머니는 장씨仉氏라고 알려졌으나 이름은 전해지지 않는다. 맹모가 후세에 전해지게 된 것은 맹자의 학설이 세상 사람들을 감동하게 한 때이자 바로 아성亞聖이 된 후이다. 맹자의 어머니가 아들을 가르친 이야기는 <맹자 7편> 한 권 보다 더욱 감동적이다.

자식의 대한 사랑과 가르침은 이미 모든이가 다 알고 대대로 전해지는 세상의 명작이 되었다. 돌을 깨고 나온 이가 아니라면 누군들 어머니가 없겠는가? 누군들 마음에 새긴 어머니의 사랑이 없겠는가? 누구의 마음인들 죽어도 못 잊는 어머니의 사랑에 대한 동경과 그리움이 없겠는가? 맹모는 바로 이러한 인지상정의 일치와 공감 속에 긴 세월 동안 끊임없이 부활할 것이다.

매번 <맹자>를 읽을 때마다 행간에 새겨진 글자는 충만한 인애仁愛 정신, 사람에 대한 특별히 보통 사람에 대한 배려와 존중은 우리 가슴 속에 오래도록 그치지 않는 물결을 일으킨다. 어떤 때는 마음이 깊은 계곡과 같이 맑고 긴 메아리로 가득 차고, 어떤 때는 마음이 시냇물과 같이 모여들어 물살이 거센 급류가 되기보다는, 절벽과 깊은 못을 만나더라도 흘러내려

폭포가 되고 앞으로 힘차게 나아간다. 모여들고, 세차게 흐르고, 높이 오르는 영혼은 인애로 충만하기에 생동감 있고 풍족하며 젊다. 이것은 어머니의 정으로 덮인 인애로서, 모성애라는 근원과 본보기가 있기에 끊임없이 생장하고 번성하며 무궁무진하다.

　사람은 '응애응애' 외치며 태어난다. 갓난아이의 출생을 묘사하는 이 말은 정말 적절하다. '응애응애'는 어린아이의 울음소리로, "응애응애 하며 땅에 떨어진다."는 인생의 고달픔과 어머니의 애정에 대한 부르짖음이라는 인류의 숙명과 본성을 이미 내포하고 있다. 모성애는 인류에게 있어 공기, 태양, 양식일 뿐만 아니라 잉태와 출생이자 돌봄과 교육을 의미한다. 아버지를 어머니와 같이 언급할 수는 있으나, 병렬하여 논할 수는 없다. 왜냐하면 어머니의 사랑이 더욱 자기희생적이고 더 깊기 때문이다. 아버지의 사랑이란 우뚝한 산처럼 아무리 크고 높아도 눈으로 측량할 수 있지만, 어머니의 사랑은 큰 바다와 대지 같아서 끝이 없다. 우리는 종종 '엄격한 아버지와 자애로운 어머니'라고 말하길 좋아한다.

사실 투철하게 어머니의 사랑을 음미하자면 언제나 엄격함과 자애로움이 상호 보완되며, 엄격함이 부차적이고 자애로움이 근본이다. 어머니의 사랑은 '위대함, 숭고함, 영광스러움' 등의 수식어를 동반할 필요가 없다. 모든 곳에 있고, 모든 것을 포용하며, 모든 것을 할 수 있다.

역사상의 어떤 기이한 현상은 깊이 생각해 볼 만 하다. 그것은 바로 가장 연약해 보이고, 가장 힘이 없어 보이는 아비 없는 자식과 홀어머니가 놀라운 강인함을 보여 거대한 창조력을 발산하는 것이다.

여러 번 괴롭힘을 당하고 죽을 위기를 수없이 겪은 테무진(징기스칸)과 홀어머니 호엘룬이 그랬고, 세 살에 아버지를 여읜 공자와 홀어머니 안징재顔征在가 그랬고, 어려서 아버지를 여읜 맹자와 홀어머니 장씨도 그랬다. 그들은 모진 고난을 겪었고 모성애라는 자양분으로 성장했기 때문이다.

나는 맹자가 부인을 내쫓았다는 역사가 무심코 남긴 작은 일화로부터 맹자의 어머니와 맹자를 깊이 이해하게 되었다. 비록 맹자가 부인을 쫓아내려한 일은 이미 시간의 안개 속에 흩어졌으나, 이것이 맹자의 인격 성장사에서 중대한 사건이었으리라 여긴다. 심지어는 생생하게 당시의 정경을 그려낼 수도 있다.

매우 더운 여름 어느 날 정오쯤, 천 한 폭

민국 분채粉彩 맹모택린대병孟母擇鄰大瓶

141

맹모묘孟母墓

을 막 짜낸 맹자의 부인이 시어머니의 거듭된 권고에 따라 자기의 방에서 쉬고 있었다. 폭염과 피로로 지친 그녀는 참지 못해 문을 닫고 겉옷을 벗고 몸을 편하게 뻗은 채 침상에 누워 잠깐 쉬고 있었다. 뜻밖에도 맹자가 바로 그때 들어와 부인이 벗은 팔을 드러내고 다리를 쩍 벌린 채 널브러진 '고상하지 못한' 자태를 보았다.

순간 화가 머리끝까지 치밀어 올른 맹자는 홧김에 부인을 쫓아내려 했다. 하지만 맹자의 생각과는 다르게 어머니는 아들을 두둔하지 않고 오히려 방에 들어갈 때 왜 사람이 안에 있는지 묻지 않았느냐고 엄하게 아들을 나무랐다. 이것이 '예禮'에 대한 가르침이 아니겠는가? 방에 들어갈 때 문을 두드리지도 않고 묻지도 않았으니 무례한 것은 바로 맹자이고, 며느리는 불같이 더운 날씨에 천 한 폭을 다 짜느라 피곤하고 지쳤는데, 가서 자상하게 보살피지는 못하고 되려 책망을 하다니 더욱이 며느리의 목숨과 생

142

활을 도외시하고 걸핏하면 내쫓겠다고 하다니, 입장 바꿔 생각해보면 이 어찌 인정에 맞지 않는 무정한 처사가 아닌가? 지금 억울한 며느리는 얼마나 마음이 심란하겠느냐, 어서 가서 잘못했다고 해라! 맹자의 "내 부모를 공경하는 마음으로 남의 부모를 공경하고, 내 자식을 아끼는 마음으로 남의 자식을 돌본다."라는 인애사상이 이로부터 시작되지 않았다고 누가 말할 수 있겠는가? 맹자의 어머니가 인간을 모든 것의 근본으로 하는 인문주의의 근원 중 하나가 아니라고 누가 말할 수 있겠는가?

맹자의 어머니는 비록 일하는 부녀자였지만 큰 스승인 지식인을 길러낸 노동자 여성이다. 그녀가 고생을 견뎌내고 전심전력하며 포부가 높고 굳센 의지를 지녔음을 "이웃을 택해 세 번을 이사를 가고擇鄰三遷", "베틀의 베를 끊어 자식을 가르친斷機敎子" 일화들로부터 미루어 짐작할 수 있다. 그녀는 어머니의 모든 심혈을 쏟아 맹자를 위해 위대한 업적의 길을 열었고, 어머니의 사랑과 배려로 맹자가 자신의 길을 견지할 수 있게 의지할 대상과 힘과 후원자가 되었다.

나중에 맹자가 제나라를 떠나는 것은 그에게 있어 가장 어려운 결단의 시기였을 것이다. 제나라는 당시의 대국으로 자기의 정치적 이상을 실현할 수 있는 역량과 천하를 갖고 있었다. 그러나 제나라 왕의 '천하를 제패'하고자 하는 마음가짐은 맹자의 '인자는 타인을 사랑한다仁者愛人'는 인정仁政사상과 도무지 맞지 않았다. 도리를 달리 하는 사람과는 서로 어울리지 않으므로 맹자는 떠나기로 결정했다.

그러나 제나라를 떠나면 높은 관직과 두둑한 녹봉을 잃게 된다. 어머니는 연세가 많았고 식솔들을 데리고 떠나려니 대학자 맹자는 주저하며 걱정이 되어 기둥을 끌어안고 탄식했다. 세심한 맹자의 어머니는 자초지종을 알고서는 조금도 주저하지 않고 아들을 격려했다.

"너는 이제 성인이 되었고, 나는 늙었다. 너는 너의 의를 행하고,
나는 나의 예를 행한다. 무엇을 염려하는 게냐?"

　이 말은 곧 "너의 인의의 길을 가거라, 이 어머니는 너를 찬성하고, 지지
하고 응원한다"라는 말과 같다. 그래서 맹자는 과감하게 제나라를 떠났고
도도하게 제나라 왕이 선사한 금 100근을 거절했다.
　"재물과 지위에 현혹되지 않고, 가난하고 비천해도 뜻을 바꾸지 않으며
위세와 무력에도 굽히지 않는다."라는 '호연지기浩然之氣'가 맹자로 인해
대대로 지식인의 좌우명이 되고, 이미 중국 지식인의 반골과 독립의 고전
이 된 상황에서, 우리는 맹자 어머니의 가르침과 사랑을 잊으면 안 된다.

맹모삼천사孟母三遷祠

바로 이러한 사랑과 이해가 자주 드러나지 않고 숨죽이는 상태에 처하더라도 핏줄처럼 이어져 절대 끊어지지 않게 만든다. 어머니에게서 오는 이러한 사랑은 사실상 하나의 구원이다.

맹자를 고집 세고 어리숙한 어린 시절로부터 구하여 그를 지식과 사상의 길로 인도했으며 이로써 쇠퇴해가던 유가 학설이 전에 없던 풍부함과 확장을 얻게 만들었다. 그것은 인류의 요람이자 인성의 물줄기들을 인도하여 돌아갈 바다이다. 인성의 타락이 높은 산에서 떨어지는 돌 같더라도 어머니는 자신의 몸으로 그것을 막아내며 사랑으로 격려하고, 깊은 연못을 벗어나게 동행하며 다시 오르게 한다. 어머니의 사랑과 이해는 세상의 도의와 사람의 마음의 구원자이다. 야만과 피비린내 나는 시대, 어리석고 어두운 시대, 퇴폐하고 부패한 시대에도, 이것이 있다면 새로운 희망이 생겨난다. 왜냐하면 어머니의 자비롭고 자애로운 마음은 곧 만물을 소생시키고, 모든 나무를 무성케하는 대지이기 때문이다.

물론 이런 끝없이 넓은 어머니의 사랑은 더욱이 여성 자신의 구원자이기도 하다. 세속의 유혹이나 생계가 본성을 잃게되거나 압박해 올 때면, 환경에 구애되어 어두움의 구렁텅이를 스스로 빠져나올 수 없을 때, 자녀를 떠올리고 자녀의 본보기가 될 생각, 자녀가 자기 같은 삶을 살지 않게 해야 된다는 생각을 하면 그 즉시 자아를 이길 힘이 솟아올라 선과 진실함, 좋은 것을 따르게 되어 본래의 아름답고 찬란한 인성을 되찾게 된다.

사람은 모두 어머니의 뱃속에서 잉태되어 자란 생명이다. 추위 속에서도 어머니의 따뜻한 사랑과 이해는 난로처럼 자식들의 마음에 온기를 준다. 어둠 속에서도 어머니는 우리를 위해 등불을 밝혀준다. 우리가 밝은 빛의 기쁨에 빠져있을 때, 불에 타고 있는 것이 바로 어머니의 마음임을 결코 잊어서는 안 된다. 그녀는 자신의 머리카락으로 먼 항해를 떠나는 자식들의 돛을 짜줄 수 있고, 그녀는 심혈을 다 쏟아내어 자녀를 성장하게 하는 비와 이슬로 내어 줄 수 있다. 어머니는 끝까지 다 읽을 수 없는 사랑에 관한 명작이 아니겠는가?

우리는 인생의 기쁨을 즐기느라 정신 없을 때, 심지어 어머니의 존재 조차 잊어버렸을 때, 잊혀진 어머니는 자식의 즐거움을 방해하지 않기 위해 자녀를 의지하고 싶은 강렬한 바람을 억누르며 숨어서 조용히 외롭게 살면서도 우리에게 가장 깊은 축복을 보내준다. 인생은 필경 고통스러운 것으로, 우리가 고난을 견디거나 악운을 만나고 친지들과 멀어질 때, 우리를 잊지 않는 마지막 한 사람은 분명히 어머니일 것이다.

그녀는 자식을 위해 한평생 일한 손으로 우리의 상처와 절망을 어루만지고, 우리가 다시 생명을 얻고 앞으로 나아갈 힘을 얻게 해줄 것이다. 한 방울 한 방울씩, 어머니는 자신의 생명의 물을 우리를 위해, 다시 우리의 자녀를 위해 희생할 것이다. 마지막 한 방울까지 다 흘렸을 때가 바로 어머니 생명이 다할 때이다. 생명의 끝에 이르렀을 때, 어머니는 두 줄기의 눈물을

맹모단기교자도斷機教子圖

흘려 자식이 삶의 여정에서 그리워하고 잊지 못 할 시냇물을 만들 수도 있고, 미소지으며 웃음으로 작은 축복의 꽃을 만들어 생명의 가지 끝에 피어나게 할 수도 있다. 정말이지 어머니의 눈짓 하나에 담긴 사랑만으로도 우리가 일평생 쓰기에 충분하다. 2000여년 전의 맹자의 어머니를 찾을 필요도 없이, 당신의, 나의, 그의 어머니가 바로 맹자의 어머니와 같은 어머니이다. 어머니는 사랑은 보답을 바라지 않지만 우리는 평생을 빚지게 되니 어찌 어머니 은혜의 만 분의 일이라도 보답할 수 있겠는가? 우리가 어머니와 같은 마음으로 생활을 끌어안고, 세계를 끌어안으면 어머니는 그제야 후련하게 웃으실 것이다.

전해지는 사료의 의하면, 맹자는 세 살 때 아버지를 잃었고, 어머니 장씨가 근검절약과 굳센 지조로 맹자를 양육했다고 한다. 그 과정에서 그녀는 연약한 부녀자의 몸으로 신중함, 분발, 품성, 면학, 예절로 자기의 언행을 구속하고 인재가 될 때까지 그를 엄격하게 대하여 조금도 긴장을 늦추지 않았다.

맹자가 어릴 때, 묘지 근처에서 산 적이 있었는데, 환경의 영향을 받아 장사 지내는 것을 놀이로 여겼다. 맹모는 근심하며 아들을 교육하기에 적당한 환경을 찾아 집을 세 번 옮겨, 마지막으로 학교 옆으로 이사와 맹자에게 품행이 고상한 사람을 본보기 삼아 예의를 배우고 분수에 맞는 처신을 배우게 했다. 맹가孟軻의 학습 과정에서 맹자의 어머니는 학업을 더욱 엄격하게 관리하여 시시때때로 감독했다.어린 나이의 맹자는 놀기 좋아하여 공부하기를 잊었을 때, 맹모는 그를 가르치기 위해 아직 다 짜지 못한 천을 자기 손으로 한 칼에 베어 버림으로써 맹자를 단련 시켰다. 베틀의 천을 자른 가르침을 맹자는 마음에 깊이 새겼고, 다시는 시간을 낭비하는 일을 좇지 않아 마침내 자사子思에게 배워 천하에 이름난 대유학자가 되었다.

맹모단기처孟母斷機處 비석

148

맹자의 어머니는 대대로 높이 존경을 받았다. <삼천지三遷志>, <중찬삼천지重纂三遷志>의 기록에 의하면, 북송 선화宣和 3년에, 맹묘를 지금의 위치로 옮겨 처음으로 사당을 지어 맹자의 부모에게 제사를 올렸다고 한다. 원나라 연우延祐 3년에 인종仁宗이 조서를 내려, 맹모를 주국선헌부인邾國宣獻夫人으로 추서했다. 명나라 홍치弘治 9년에 효종孝宗이 맹묘의 중건을 명하여 선헌부인전을 최초로 지어 맹자의 아버지와 따로 제사 지냈다. 청나라 건륭 3년에 맹모를 추국단범선헌부인鄒國端範宣獻夫人으로 추가로 봉했다. 문인과 명망가들은 맹모를 더욱 지극히 추종하여, "맹자가 성인이 된 것은 어머니의 바른 교육 덕택이다", "아들이 걸출함은 어머니 덕택이고, 어머니의 덕망은 자녀의 유명함에 달렸다"라고 했다. 명나라의 종화민鍾化民은 <제맹모문祭孟母文>에서 "아들의 걸출함은 곧 어머니의 걸출함이다."라고 하여, 중국 역사상 "자녀 교육의 일인자"라 불리는 맹모를 사람들 마음속의 지위에 가장 정확한 평가를 했다. 2000여 년 뒤, 사람들은 이 어머니를 기념하기 위해 맹자의 고향에 중화모친문화절中華母親文化節을 만들었다.

맹자의 어머니는 맹모림孟母林에 안장되었다. 맹모림은 추성 북쪽으로 12 km 떨어진 마안산馬鞍山 동쪽 기슭에 위치해있고, 맹자의 부모 및 그 후손을 안장하는 맹씨의 가족 묘지이다. 맹씨 가족은 맹모림을 서맹림西孟林으로 부르고, 동남쪽으로 10여 리 떨어진 사기산四基山의 맹자림을 동맹림東孟林으로 불렀다. 추성 경내에는 현재 맹묘맹모전孟廟孟母殿, 맹모단기당孟母斷機堂, 맹모림향전孟母林享殿, 삼천사三遷祠, 묘호영삼천사廟戶營三遷祠 등 여러 곳에 맹묘에게 제사 지낸 전당 또는 유적이 있다.

제5장

추성
그 숨겨진 이야기

맹모부孟母賦

하늘의 큰 사랑으로 중생을 기르는 것을 인仁이라 하고, 땅의 관대함으로 만물을 담는 것을 덕德이라 한다. 하늘의 인과 땅의 덕의 뜻을 받들어, 봄바람과 이슬의 직책을 맡고, 인덕 있는 의용과 어머니 같은 본 모습은 자애로운 어머니의 도이다.

맹자의 어머니는 농가에서 태어나 평범하게 자랐다. 자녀를 잘 키운 공으로, 모자가 다 훌륭하여 고대 제일 현모라고 칭송을 받는다. 맹자 어머니의 덕을 살펴보면 향기 나는 방에 들어가는 듯하여, 마음에 남은 향이 있고, 자식을 가르치는 도리를 살펴보면 곡류의 물이 굽이쳐 흐르는 듯하여 버드나무 그늘에 꽃이 빛난다. 맹자의 어머니가 살던시대는 가난한 살림으로 일하는 여성들이 많았고 그렇게 생계를 이어가는 것이 어머니의 임무이고 의무였다.

뽕나무를 심고 마를 심으며 자식을 가르치는 것은 원래 아버지의 책임이다. 아버지를 대신해 가르쳐 철부지 어린이를 교육하였으니 이것을 '어머니 자녀 교육'의 시작이라 할만 한다. 문명이 시작되면 철부지 어린이가 계몽하고, 음덕을 신수하며, 나무가 크고 저절로 곧게 된다. 성격이 지혜롭고 맑아 세 번의 이사를 마다하지 않고 이웃을 택하여 사니 이때부터 "후천적으로 인재가 되고, 환경이 사람을 기른다"는 도리를 알게 되어, 맹모의 공이 매우 크다. 자식을 가르치는 어려움은 간곡히 타이르는 것도, 고생을 참고 견디는 것도 아니라, 작은 일도 살펴 하나를 보면 열을 아는 것에 있다.

　베틀의 베를 끊고 가르쳐서 좋은 교육이 베푸니 천고에 유일하다 할 수 있다. 낡은 관습에 얽매이지 않고, 아들에 예의범절을 보이고, 교단에 올라 이름을 날린다. 열국을 두루 다니고 아들을 격려하여 멀리 떠나게 하여 성인과 함께 빛나니, 아들이 훌륭하게 된 것은 어머니의 공으로, '어머니의 훌륭한 교육'의 모범이라 할 만하다! 산이 높고 물이 길며, 어머니의 사랑은 끝이 없어, 세상에서 지극히 위대한 것은 어머니의 사랑뿐이다. 5월이 되면, 초목이 무성하고, 책 소리가 낭랑하여 그림 같고 노래 같다. 오늘날 맹모는 셀 수 없이 많지만 홀로 재주가 있어 그 상서로움을 영원히 뿜어낸다.

命在養民

임금의 사명이란
백성을 기르는 것에 있다.

주문공邾文公(기원전?~614년)의 이름은 거저遽篨로 주나라의 업적이 있는 군주 중 하나이며 덕정德政으로 유명하며 재위 시간은 52년이나 된다.

<좌전左傳>의 기록에 의하면 노나라 문공文公 13년(기원전 614년)에 "주문공이 점을 치고 역으로 천도했다."라고 적혀있다. 주나라가 역산의 남쪽으로 천도한 것은 주문공이 민심을 따른 거동이었다. 그러나 점괘에는 천도하면 백성에게 좋으나 군주에게는 해로워 군주가 일찍 죽게 될 것이라고 나왔다. 당시의 사람들은 점괘를 믿어서, 주문공의 안위를 매우 걱정하며 몇 번이고 천도하지 말라고 신하들은 권했다. 주문공은 하늘이 임금을 세운 것은 백성을 대신해 이익을 도모하기 위함으로 자기의 생명은 하늘의 뜻에 달렸으니 만약 천도하는 것이 백성에게 이롭다면, 옮기자고 말했다. 그는 단호하게 수도를 자루皆婁에서 역산의 남쪽으로 옮겼다. 오래지 않아 주문공은 정말 병에 걸려 죽었다. 이것이 비록 우연이더라도 당시 사람들은 모두 주문공의 어질고 뛰어남을 칭송했다. 주문공은 백성의 이익을 개인의 이익보다 앞세웠고 백성에게 이익이 된다면 자신의 생명에 불꽃이 꺼진다 할지라도 아까워하지 않았으니 당시에는 매우 귀한 일이었다.

역산의 남쪽은 지리적 형세가 좋고 방어하기 유리했으며 주위에는 하천

이 많아 농업 생산의 발전에 적합했다. 문공이 천도한 후 전란의 위협이 줄어들어 주나라의 경제가 빠르게 발전했다. 주나라는 역산의 남쪽에 도읍을 정하여 추현의 고대 행정 구역의 기초를 다졌다. 후대 사람들은 주문공의 천도한 업적을 칭송하며 많은 시를 남겼고 역산에 주문공의 사당을 세워 제사를 지냈다. 현재 역산의 남쪽에는 아직 주나라 고성의 유적이 남아 있고, 2006년 5월에 중국 중점 문물 보호 단위로 지정했다.

주나라가 이곳에 수도를 세운지 700여 년 된 전국 중엽에 이르러 초나라에 의해 멸망 당했다. 주나라가 사라진 뒤에도 고성은 여전히 현지의 정치와 경제의 중심이었다. 진秦대에 추현騶縣이 설치되어 설군薛郡에 속했고, 한漢대에는 노나라에 속했다. 진晉, 유송劉宋, 후위後魏를 거쳤고, 북제北齊 연간에 철산鐵山의 남쪽으로 이주하며 고성은 점차 폐허로 전락했다. 주나라의 고성은 춘추 시대에 세워져 북제北齊때 옮겨가기까지 총 1100여 년을 이어갔다. 주나라는 멀어졌지만, 주문공의 "사명은 백성을 기르는데 있다" 는 이야기는 대대로 전해지고 있다. 역사는 언제나 마땅히 기억해야 할 것은 기억한다.

漆女憂魯

칠녀가 노나라를 걱정하다

칠녀가 노나라를 걱정한 이야기는 유향劉向(기원전 77년~ 원전 6년 중국 전한 말기의 학자이자 관료)의 <열녀전列女傳> 3권 <인지전仁智傳·노칠실녀魯漆室女>편에 전한다. 칠녀는 단지 노나라 작은 성의 칠실(아주 깜깜하고 어두운 방)에 살았기 때문에 '칠녀'라는 이름을 얻었다. 칠녀는 불행한 삶을 살았다.

어느 날 말이 고삐가 풀려 그녀의 밭을 짓밟아 1년 동안 먹을 양식이 없

진晉 고개지顧愷之 열녀인지도列女仁智圖

게 되었다. 그러자 그녀의 오빠는 입에 풀칠이라도 하려고 유목민을 찾아가 일을 해주게 되었다. 그녀의 오빠는 잃어버린 양을 찾아주는 일을 주로 하였는데 어느 날 그만 물에 빠져 죽고 말았다. 그녀는 마음의 상심이 나날이 늘어 나이가 들어서도 결혼을 하지 않고 문기둥에 기대어 자주 울었다. 이웃이 보고 그녀에게 물었다.

"슬퍼하고만 있지 말고 좋은 사람 만나 결혼이라도 하면 기분이 나아질 께요 내게 좋은 남편감이 있으니 만나보면 어떠오?"

칠녀가 대답했다.

"내가 슬픈것은 내 개인적인 불행만으로 이러는 것이 아니라오, 내 근심은 군주가 이미 늙었는데 태자는 아직 어린 것을 보고 나라가 걱정되어 마음이 아픈 거라오."

자신이 겪은 슬픔보다 나라를 걱정한다는 말을 믿는 사람이 있을까? 자신의 말을 주변에서 믿어주지 않자 칠녀는 자살로써 자기의 결백을 증명했

다. 칠녀는 죽기 전에 <처녀음處女吟>이라는 시 한 수를 남겼다.

초목이 무성하나 숨어 홀로 싱싱하다.菁菁茂木, 隱獨榮兮

가지를 드리우고 아름다운 꽃을 품었다.變化垂枝, 含蕤英兮

몸을 닦고 뜻을 길러, 높은 명성을 세운다.修身養志, 建令名兮

그 길이 다르지만, 선과 악이 함께 있다.厥道不同, 善惡並兮

자신의 몸을 낮추고 홀로 있으니 맑음이 흐려진다.屈身身獨, 去微淸兮

충정을 품고도 의심을 받으니, 어찌 살기를 바라겠는가.懷忠見疑, 何貪生兮

이 시는 그녀가 숲 속에서 '여정목女貞木'을 보고 느낀 바가 있어 지은 것으로 <여정목가女貞木歌>라고도 한다. 대체적인 의미는 이러하다. "여정목은 깊은 산 속에서 자라며 자기의 번영을 숨긴다. 나뭇가지는 사계절에

孟子의 고향 추성을 만나다

따라 변화하여 생명 중의 홍성과 쇠퇴를 내포하고 있다. 나는 몸과 마음을 다스러서 다른 사람의 존중을 얻고 싶지만, 다른 사람의 관념과 품성이 다르기 때문에 나에 대한 평가가 좋기도 하고 나쁘기도 하다. 나는 혈혈단신으로 걱정할 것도 없으니 설령 죽는다고 해서 관심을 둘 사람이 없을 것이다. 내가 비록 원대한 포부를 품었다 한들 좋지 못한 생각으로 나를 보는 사람들이 있으니, 오늘 나의 생명으로 나의 존엄을 지키겠다."

분명히 알 수 있다. 칠실의 여인은 도량이 넓고 세속을 벗어났다. 그녀는 본디 나라를 품은 선량한 여자였으나 유언비어에 모욕을 당했다. 칠녀는 나라와 백성을 걱정하고 나랏일에 관심을 가졌으니 매우 기특한 일이다. 현재 추성시 서쪽 교외에 칠녀성 유적이 남아있다. 지위가 낮아도 나라 걱정을 잊지 않았던 칠녀의 곡성은 수 천 년 동안 가장 마음을 울리는 노래로 오늘날에도 잊어서는 안 된다.

鑿壁偸光

벽에 구멍을 내어
불빛을 훔치다

孟子의 고향 추성을 만나다

　광형匡衡(생몰년대 미상)은 자가 치규稚圭로, 중국 전한前漢 시대의 학자이
자 정치가이다. 광형 대에 산동성 추성시 양하촌羊下村으로 고향을 옮겨왔
다. 서한의 경학자로, <시경>에 밝기로 유명했다. 원제元帝 때 지위가 승
상까지 올랐다.

　광형은 부지런하고 공부를 좋아했으나, 집에는 불을 밝힐 양초가 없었
다. 이웃집에는 등불이 있었으나 그의 집까지 밝히지는 못했다. 광형은 벽
에 구멍을 내어 이웃집의 등불을 책에 비치게 하여 읽었다. 고향 사람 중에
큰 부자는 있었는데 글을 몰랐으나 집에는 책이 많았다. 광형은 그의 집에
서 일하며 보수를 받지 않았다. 주인이 이상하게 여겨 그에게 이유를 묻자
그가 말했다. "나는 당신 집의 책들을 읽고 싶습니다." 주인이 듣고 매우 감
탄하여 그에게 책을 빌려주어 읽게 하였다. 광형은 여러 책을 많이 읽어서
마침내 학업에 성과를 거두었다.

　중국의 학자들이 매우 많은데도 광형이 유명해진 것은 위의 이야기에서
비롯된 듯하나 실제로는 그가 애써 공부하여 그렇게 된 것이다. 역사는 예

리한 면도날 같아서 누군가 이름을 남기고 싶다면 엄격한 고통을 견뎌야만 하며, 그 누구도 손쉽게 성공할 수 없다. 소진蘇秦은 송곳으로 찌르면서 잠을 참았고, 손경孫敬은 들보에 상투를 매달아 책을 읽었고, 차윤車胤은 반딧불로 글을 읽었다. 그들과 광형은 모두 힘들게 공부하고 부지런히 배우는 정신을 얘기한다. 광형이 벽에 구멍을 내어 끌어낸 불빛은 오늘날까지 여전히 학자들의 길을 환하게 비추고 있다.

一經傳家

경전을 물려주다

孟子의 고향 추성을 만나다

위현韋賢(기원전148~67년)은 서한西漢의 대신으로 자는 장유張孺, 노나라의 추鄒 사람이다. <한서漢書>의 기록에 의하면, 위현은 천성이 순박하여 명예와 이익을 중시하지 않고 독서에 전념하여 학식이 매우 해박했다. 당시 사람들은 모두 그를 '추노鄒魯의 대유학자'라고 불렀다.

한무제漢武帝때 동중서董仲舒의 "학파를 배척하고, 유학만을 추존한다." 라는 의견을 받아들여 오경박사(경서에 능통한 사람에게 주었던 관직)를 설립하고 유학을 힘써 추종하여 선제 본시本始 중에 승상丞相을 지냈고, 부양후扶陽侯에 봉해졌다. 서한西漢 시기, 경학(사서오경을 연구하는 학문)의 유파가 다양해 학술의 분위기가 농후했다. <역경易經>은 고씨학高氏學, 경씨학京氏學으로 나뉘고, <상서尚書>는 구양씨학歐陽氏學과 대소하후씨학大小夏侯氏學으로 나뉘었다. 지신공地申公은 <시경>에 뛰어나 하구瑕丘의 장공江公에게 전수하여 따르는 사람이 가장 많았다. 장공은 위현의 스승으로, 위현은 신공과 장공의 연구 성과를 계승하고 새로운 해석을 더하여 <시경>의 연구를 일보시키고 자기만의 특색을 형성하여 '위씨학韋氏學'을 만들었다.

위현의 명성은 원근에서 유명해졌다. 조정에서는 이를 알고 그를 불러들여 박사로 임용했다. 한소제漢昭帝가 그를 스승으로 모셨고 <시경詩經>

을 배웠다. 오래지 않아 그는 광록대부光祿大夫, 첨사詹事, 대홍려大鴻臚에 올랐다. 그후 선제宣帝 때 승상으로 임명되었다. 위현이 세상을 떠날 때 선제는 조서를 내려 '절후節侯'라는 시호를 하사했다. 위현은 죽은 후 고향(현 추성시 서위西韋저수지 동쪽 언덕)에 고이 모셔졌다.

위현은 아이들의 교육을 매우 중시했고 그의 교육 방법은 독특했다. 위현은 아들에게 경전 이외에는 어떤 유산도 남겨줄 생각을 하지 않았다.

〈삼자경三字經〉 1819년 간행본 광형匡衡

다른 사람이 그 이유를 묻자 그가 대답했다.

"만약 내 아들이 장래성이 없는 부잣집 도령이라면 아들에게 많은 재산을 물려줘봐야 소용이 없을 것입니다. 돈은 언젠가는 다 써 없어지기 마련이기 때문입니다. 그러나 열심히 공부하도록 가르치면 앞으로 생활할 능력을 갖추게 되므로 독립적으로 살아갈 수 있게 되는 것입니다. 이것이야말로 일평생 다 못 쓸 재물입니다."

위현韋賢에게는 4명의 아들이 있었다. 첫째는 위방산韋方山으로 지방高寢令을 위임했고 일찍 죽었다. 둘째 위굉韋宏은 동해태수東海太守를 지냈고, 셋째인 위순韋順은 추현에 남아 부친의 무덤을 지켰다. 막내아들 위현성韋玄成은 재주와 학문이 뛰어나 황제가 중용하였고, 승상을 역임했다.

중국의 경전이자 명작인 <삼자경三字經>의 마지막이 위현의 고사라는 것은 특별히 언급할 만하다.

> "다른 사람은 자식에게 황금이 가득 찬 상자를 물려주지만 나
> 는 경전을 가르쳐 줄 뿐이다. 열심히 공부하면 성공하고 그렇지
> 않으면 유익이 없으니 경계하고 힘써야 한다."

<삼자경>의 전문은 세 부분으로, 첫 번째 부분은 교육의 필요성과 배워야할 내용을 말하고, 두 번째 부분은 중국 수천 년의 문명사를 다룬다. 세 번째 부분은 부지런히 공부한 예를 열거하며 열심히 배워야하는 것의 중요한 의의를 강조한다.

<삼자경>의 맺음말 중에 강조하는 것은 자식들에게 많은 금은보화를 물려주는 것은 경전 하나를 가르치는 것만 못하다는 위현의 자녀 교육 이야기로 전문을 마무리한 것은 의미가 깊다.

오늘날 맹자의 고향은 자녀 교육을 중시하여 십만 가정이 모두 책을 읽는 맹자의 어머니와 위현의 자녀 교육 전통은 오늘날까지 계승되고 있다.

왕찬의 시부와
'고관칠자高冠七子'

    왕찬王粲(117년~217년), 자는 중선仲宣, 동한東漢 말기의 문학가로, '건안칠자建安七子'중의 한 명으로 산양山陽 고평高平(현 산동 추성)사람이다. 왕찬의 저술은 매우 많아, 문집이 있으나 일찍이 실전되었다. 현재 전해지는 <왕시중집王侍中集>은 명나라 사람이 모은 것이다. <삼국지三國志 · 왕찬전王粲傳>에 그의 증조부는 왕공王龔으로 천하에 이름 높았고 순제順帝 때 태위를 지냈다. 조부는 왕창王暢으로 한나라 말기 팔준八俊의 하나로 영제靈帝 때 사공司空을 지냈다고 전해진다. 두 사람은 모두 지위가 삼공三公에 들었다. 부친은 왕겸王謙으로 대장군 하진何進의 장리長史로 매우 신임을 받았다.

    왕찬은 매우 총명하고 박학다식하여 한 번 본 것은 잊지 않아 물으면 대답을 못 하는 것이 없었다. 한 번은 다른 사람과 같이 길을 가다가 길 가의 비석을 보았는데, 한 번 훑어 보고 사람들이 그에게 물었다. "외울 수 있겠습니까?" 왕찬이 대답했다. "네, 외울수 있습니다." 곧 눈을 감고 암송했는데 한 자도 틀리지 않았다. 또 한 번은 다른 사람이 바둑을 두는 것을 보고 있는데 모르고 바둑판을 발로 툭쳐 판이 엎어졌다. 그러자 왕찬은 머릿속에 기억하고 있는 대로 다시 돌을 놓아주었다. 기수들은 믿지 못하고 다시 한 번을 두었다. 그리고 왕찬을 불러 보게 한 후 똑같이 바둑돌을 놓아보라고 말했다. 왕찬은 놀랍게도 하나도 틀리지 않았다.

왕찬은 재능과 학문이 탁월하여 14살에 장안에서 좌중장랑左中郎將의 관직에 있던 문학가 채옹蔡邕의 특별한 총애를 받았다. 17세 때, 사도로 임명하고 황문시랑黃門侍郎을 하사했으나 그는 모두 거절했다.

건안 13년(208년) 조조가 왕찬을 승상丞相掾으로 추천하여 관내후關內侯의 관직을 하사했다. 왕찬은 조위曹魏의 건국과 제도 수립에 많은 조언을 해서 조조曹操를 크게 기쁘게 했다. 조조가 정권을 세운 뒤 왕찬을 시중으로 임명했다. 관직은 비록 높지 않았으나 항상 조조의 곁에서 떠나질 않았고 실권은 재상보다 못하지 않았다. 조조 정권은 많은 예의 제도는 모두 왕찬이 주도하여 세운 것이다.

왕찬은 주로 문학에서 성과를 거두었다. 조조와 그의 두 아들 조비曹丕, 조식曹植은 문학을 좋아하였다. 왕찬은 서간徐幹, 광릉廣陵, 진류陳留, 완우阮瑀, 응양應瑒, 유정劉楨, 공융孔融 등 당대의 최고 문인이라는 그들을 업鄴도에 모았고, 조씨에게 중용되어 '건안칠자'라고 불렸다. 왕찬은 일곱 명 중에서도 문학적 기량이 탁월하여 당시 사람들은 그를 조식과 함께 '조왕曹王'이라 불렀다.

> "중선은 재능이 넘쳐, 민첩하며 정밀하며 다양한 문장에 모두
> 뛰어나고 글자 사용에 결점이 적다. 그의 시부로 보자면 건안 칠
> 자 가운데서 가장 뛰어나다."
>
> 유협 <문심조룡文心雕龍 · 재략才略>

왕찬은 시에 뛰어났다. 그의 시는 언어가 강건하고, 기백이 컸다. <칠

애시七哀詩>는 그의 대표작이고, <등루부登樓賦>도 매우 유명했다.

건안 22년(217년) 봄에 왕찬은 조조를 따라 동쪽 오나라 정벌에 따라갔으나 도중에 병을 얻어 향년 41세에 죽었다.

건안시대는 왕찬을 만들었고, 왕찬은 '건안문학'의 형성에 걸출한 공헌을 했다. 왕찬이 살던 시기는 동한 말년으로 사회가 매우 혼란스러운 시대였다. 왕찬의 시 작품은 그가 직접 듣고 경험한 것이 반영되었다. 왕찬은 동탁의 난과 군벌들의 난투전으로 인한 고통을 겪어 마음이 답답하고 괴로워 고향을 그리워했다. 이런 감정은 그의 <칠애시>와 <등루부> 중에 집중적으로 반영되었다. '건안문학'이 후대에 인정받은 것은 그 내용과 외관을 모두 갖춰 성한 것 말고도 문풍의 혁신, 즉 소위 '건안풍골建安風骨' 때문이다.

맥학의 창시자,
왕숙화

왕숙화王叔和(210년~280년), 이름은 희熙, 한족으로 서진西晉 고평高平(현 산동성 추성)사람으로 위진시기 저명한 의학가이다.

왕숙화는 고관 귀족 가문에서 태어나 여러 대에 이어 권세가였고, 당대에 이름을 날린 문인과 선비도 있었다. 왕숙화는 어린 시절부터 많은 책을 읽어 경사와 백가에 통달했다. 나중에는 전란을 피해 가족을 따라 형주荊州에 살다 형주자사荊州刺史 유표劉表에게 의탁했다.

왕숙화가 형주에 거주하고 있을때에는 중의학의 전성기였다. 왕숙화는 중경의 제자 위신衛汛과 가까이 지내며 그의 영향을 많이 받았고, 점차 의학의 흥미가 생겨 의학의 길을 탐구하기로 뜻을 세웠다. 그는 경방經方(의료 처방과 약에 관한 서적)과 역대 의학 저작물을 집중적으로 통달하고, 병의 근원을 철저히 연구하였다. 그의 의학철학은 옛것을 본받되 답습하지 않으며, 겸허하게 경험있는 명의에게 가르침을 구하고 각각의 우수한 점을 받아들였다. 그는 점점 의술이 날로 좋아져 이름이 세상에 널리 알려지게 되었다. 의술이 고명한 왕숙화는 조조를 따라 남하하여 형주 출정에 조조의 종군의사로 뽑혔고, 그 후에는 황실 어의로 임명되었다.

왕숙화가 32세가 되던 해 위나라 소부少府의 태의령太醫令으로 발탁되었

脈理精微其體難辨絃緊浮芤展轉相類在心易了
指下難明謂沈爲伏則方治永乖以緩爲遲則危殆
立至況有數候俱見異病同脈者乎夫醫藥爲用性
命所繫和鵲至妙猶或加思仲景明審亦候形證一
毫有疑則考校以求驗故傷寒有承氣之戒嘔噦發
下焦之間而遺文遠古代賢能用舊經秘述奧而不
售遂令末學昧於原本斯茲偏見各逞已能致微痾
成膏肓之變滯固絕振起之望良有以也今撰集歧
伯以來逮于華佗經論要決合爲十卷百病根原各
以類例相從聲色證候靡不該備其王阮傳藝吳葛

晉太醫令王
叔和 撰

脈經序

왕숙화王叔和 〈맥경脈經〉 명대 판본

다. 위나라 소부에는 대량의 역대 경전과 의학 서적들을 소장되어 있었다. 그는 이런 유리한 조건을 이용하여, 대량의 약학 저작을 읽어나갔으며 그가 의학의 높은 봉우리에 오르기 위한 튼튼한 기초를 다졌다.

중의학 발전사에서 왕숙화는 두가지 중요한 공헌을 했는데, 하나는 <상한론傷寒論>을 정리한 것이고, 다른 하나는 <맥경脈經>을 저술한 것이다.

맥학은 중국에서 기원이 매우 이르며 편작扁鵲(중국 전국 시대의 의사(?~?). 성은 진(秦). 이름은 월인(越人). 임상 경험을 바탕으로 치료하였다)이 진맥하는 방법으로 질병을 진단했다.

진맥은 중국 의학 진단학의 "보고, 듣고, 묻고, 짚는" 4가지 진단의 중요한 구성 요소이나 당시의 일반 의술가들은 아직 중요시하지 않았다. 의사가 치료 과정 중에 정확하게 진맥을 활용하여 진단하려는 문제를 해결하기 위해서는 맥학 전문 저서가 절실하게 필요했다. 왕숙화는 편작扁鵲, 장중경張仲景, 화타華佗 등 의술가들과 관련된 맥박학의 논설을 수집했고, 본인의 임상 체험과 견해를 더하여, 마침내 <맥경脈經>을 써냈다.

<맥경>은 10만여 글자를 모으고, 10권, 98편으로 서진 이전의 맥학 경험을 총괄하여 발전시켜, 맥의 생리와 병리 변화 종류를 맥상脈象 24종으로 나열하여 맥학을 정식으로 중의 질병 진단의 중요 구성 부분이 되게 했다.

왕숙화의 또 다른 큰 공헌은 <상한론>을 정리한 것이다. 당시는 매년 전쟁이 이어져 많은 서적이 모두 흩어지고 유실되어, 장중경張仲景이 막 완성한 오래 되지 않은 <상한잡병론傷寒雜病論> 조차도 같은 운명에 처했다. 태의령이었던 왕숙화는 이 의학 저작의 귀중한 가치를 잘 알아 당대에 견줄 바 없는 기이한 책의 진정한 면모를 회복시키겠다고 결심했다.

그래서 그는 중경의 옛 이론들을 수집하고, 각지에서 이 책의 원본을 뒤진 끝에 온전한 <상한잡병론>을 얻었고, 정리와 복원을 하여 보존되게 하였다. <상한론>이 오늘날까지 전해지게 된 데는 왕숙화의 공이 막대하다.

추성부 鄒城賦

샤오쩌쉐이 邵澤水

때는 바야흐로 9월의 깊은 가을이고, 맹자의 고향은 태평세월이다.

추성의 인문 역사는 6천 년이나 되어서, 석기시대의 모계 씨족 사회부터 하, 상, 주 삼대까지 이르고, 춘추전국 시기에 공자가 니산에서 나와 열국을 두루 돌아다니며 유가의 학설을 열었다. 아성 맹자는 어려서 어진 어머니에게 '맹모삼천'과 '단기지교'의 가르침을 받았고 유학의 예교를 익힌 후, 자사의 문하에서 배웠다. <시경詩經>과 <서경書經>에 <시경詩經>과 <서경書經>을 정리하고, 공자의 말을 해설하여 <맹자> 7편을 지어 계승하고 발전 시켜 "그 공이 우임금이 치수한 공보다 작지 않다."

맹자는 '인정仁政'을 주장했고, "백성이 귀하고 사직은 그 다음이며 군주는 가볍다", "호연지기를 잘 기른다", "재물과 지위에 현혹되지 않고, 가난하고 비천해도 뜻을 굽히지 않으며, 위세와 무력에도 굽히지 않는다"라고 말하여 유가의 정신을 구축했다. 천년의 풍골은 세상 사람들이 우러러본다.

강산에 시대마다 인재가 나와 각자 수백 년의 문학을 이끈다.

공자와 맹자 이후에 뛰어난 재능과 원대한 계략을 펼친 인재와 호걸이

적지 않다. 광형은 벽에 구멍을 뚫고 공부하여 큰 학자가 되었고, 왕찬은 사부를 잘 지어 문장으로 중국을 뒤덮었고, 왕숙화는 질병을 연구하여 <맥경>을 세상에 남기니 현자와 거장들이 별 같이 빛난다.

멀리서 친구가 와서 성인을 배알하고 옛일을 회상하며, "공자의 부모가 니구尼丘에서 기도하고, 부산과 역산이 현자를 양육한 것"을 흠모하고, '삼맹三孟'의 나무가 울창한 것과 묘당의 엄숙한 모습을 보며, 역산에 올라 수레바퀴 자국과 옛길을 찾아보고 크게 외친다. 진시황은 어디에 있는가! 이백과 두보가 이곳에서 시를 읊고 경치를 감상했고, 양산백과 축영대가 이곳에서 공부하며 사랑을 키웠다. 겸손히 엎드려 듣자니, 천년을 늦게 태어난 한탄이 흘러나온다.

추성의 동쪽을 바라보니 청산이 푸른 눈썹 같고, 서쪽을 바라보니 평평한 논밭이 백 리에 이어진다. 물산이 풍부하고 교통이 편리하며, 여러 사업이 모두 흥하고, 특히 석탄과 전기 자원이 풍부하기로 중국에서 유명하다. 도시는 위풍당당하고 푸른 초목이 무성하며 꽃과 나무가 흩어져 있고 새는 재잘대고 나비가 춤춘다. 역사 문화적 정취를 계승하고, 현대적 조화의 우

아함을 갖추어 동방의 성스러운 도시의 혼을 모아 제나라와 노나라의 빛나는 구슬이라 할 만하다. 도시는 사람으로 인해 아름답고 사람은 도시로 인해 우수하여, 천하의 영웅이 이곳에 모이고, 용맹한 군대가 역사의 무상함을 노래한다.

도시와 연못이 천지의 조화를 얻으면, 역사가 유구하거나, 문화가 찬란하거나, 물자가 풍요롭지만 대부분 꼭 하나가 부족하여 다 갖추지 못한다. 추성은 무슨 복을 받았는지, 하늘이 주는 좋은 시기를 얻었고 지리적으로도 이로우며 사람들은 화목함을 누리는구나! 하늘이 보답하고 사람이 도우니 추성의 복이로다. 시대에 변화에 따라 발전하는 것은 후손들의 몫이다!

제5장
추성 그 숨겨진 이야기

맹자의 고향 추성을 만나다

　맹자의 고향 추성은 제나라와 노나라 대지 위에 빛나는 구슬이자 나아가 세계 도시의 숲 중 독특한 개성을 지닌 눈부신 보배이다. 오래되고 풍부한 역사와 문화로 세상에 이름을 알렸고, 역사 문화를 보호하여 계승하고, 현대 정신을 개척하고 창조하며, 당대 건설에 대한 혁신과 업적으로 사람들의 관심과 마음을 끌어당기고 있다. 추성은 전도유망하여 미래에 세계는 추성의 불후하고 영원한 광채를 느끼게 될 것이다.

　중국의 추성에 꼭 가보고, <맹자>를 꼭 읽어 보아야 한다. <맹자>를 읽으면 가슴 속에 왕성한 기운이 솟아나 맹자가 우리와 얼굴을 맞대고 대화하는 듯하다. "근심하고 걱정하면 생명을 보존하고, 편안하고 즐거우면 망하게 될 수 있다.", "삶도 내가 원하는 것이고, 의義 역시 내가 원하는 바이다. 둘을 모두 얻을 수 없다면 목숨을 버리고 의를 취한다.", "뜻있는 사람은 자신의 시체가 계곡에 버려지게 될 것을 두려워하지 않고, 용감한 사람은 그의 머리가 남에게 베일 것을 두려워하지 않는다."

174

아마도 윗사람이나 아랫사람이 모두 자기의 이익만을 위해 다투는, 마른 땔나무와 같은 욕망을 가득 실은 큰 수레가 이미 불에 활활 타고 있지만, 우리에게 한 잔의 물밖에 없을지라도, 비록 그렇다 하더라도 우리는 힘차게 불에 물을 끼얹어야 한다.

물이 부족하다면, 우리의 뜨거운 피를 사용하자. 물은, 끝내 큰불을 뒤덮어 소멸시킬 것이다. 알아야 한다. 대지를 흠뻑 적시는 억만 잔의 물은 곧 하늘이 내리는 비라는 것임을 말이다.

孟子의 고향

추성을 만나다

초판 1쇄 인쇄일 ㅣ 2020년 7월 28일
초판 1쇄 발행일 ㅣ 2020년 8월 8일

지은이   ㅣ 리무성·샤오쩌쉐이
옮긴이   ㅣ 허수현
펴낸이   ㅣ 정구형
편집/디자인   ㅣ 우정민 우민지
마케팅   ㅣ 정찬용 김보선
영업관리   ㅣ 정진이 한선희
책임편집   ㅣ 우정민
인쇄처   ㅣ 국학인쇄
펴낸곳   ㅣ 국학자료원 새미(주)
              등록일 2005 03 15 제251002005000008호
              경기도 고양시 일산동구 중앙로 1261번길 79 하이베라스 405호
              Tel 02 442 4623 Fax 02 6499 3082
              www.kookhak.co.kr
              kookhak2001@hanmail.net

ISBN   ㅣ 979-11-90988-00-1 *03800
가격   ㅣ 14,000원